朵朵皆年华

DUO DUO JIE NIAN HUA

于芳 主编　柳约 等著

中国华侨出版社

序

灵感伴墨香，青春多妙文。

如果说人生是一场修行，那么写作这种方式，便是修行路上亮起的那盏灯。

这是一本散文集。说回到散文本身，散文之所以成为最被文人向往的事物，是因为它的高贵中还包含着令人感动的朴素成分。这让我想起了作家宁肯说过的话："让有密度的文字清澈起来不是一件容易的事，然而越有密度越应清澈，这样才会变得神奇。"现在，摆放在我面前的，正是这样一本清澈无瑕的文集，里面的大多数作者，鄙人有幸都曾编辑过他（她）的文章，而如今，我更愿意将这些文字痴迷者们视为师友与同道。

落笔这些文字的时候，在我脑海深处，总是不断地浮现一些人的面孔。我想到了回味的果断，凌江雪的开朗，疏影的温柔，茶兄的耿直，骄阳的真诚，青儿的单纯，李评的善良……还有太多太多的人，在我叫出他们的名字之前，我清楚地知道，摆放在我面前的，不仅仅是一部文集，而是大家的心血与梦想。

我当然不必吹嘘此书多么值得一读,况且本人也向来不太推崇带有目的性的阅读方式,那样太功利,也太浮躁。这些现实里永远低眉的散文,只能在不经意间陶冶人的情操,如果再深一层,也能历练人的性情。如果有幸能遇到一个合得来的读者,或许还能纯粹一点精神。

从此岸到彼岸,写作者的使命,永远是为了丰满他人的灵魂。尽管生命如此艰难,我们却可以用手中的笔,彰显文字之美,体味人间百态。

聚于此地,我们有一样的追求。我们深信文字卑微,但也有它自身的力量。我们散发弄扁舟,以手写我心。我们在文字的世界里对酒当歌,怀念着那些被大风吹走的岁月。

落雪听禅,我们怀揣梦想;蒹葭苍苍,我们拥抱爱情;相濡以沫,我们目送斜阳;去留无意,我们走在路上;花开无语,我们倾听流年;心上圣地,我们切慕故乡……

读完此书,你能发现情感之美,你能体悟人性之美,你能触摸人间之爱。

在此,祝福那些对文字心存敬畏的师友们。纵然远隔千里,纵然时过境迁,我也相信他们必会劈波斩浪,在文学的道路上创造出一片蓝蓝的天。是的,相信他们,就如同相信自己一样。

在时间里走过,心放得下,笔才举得起。

是为序。

目录 CONTENTS

第一辑　美文卷　落雪听禅

- 003　抱香枝上老（白音格力）
- 006　最美的时光，一直在心上（莲韵）
- 010　放牧一群词语（白音格力）
- 013　一窗秋色（琉璃疏影）
- 018　淡淡流年香（莲韵）
- 022　幽居文字，云水禅心（桃园野菊）
- 026　心有青山，绿水绕肩（爱雨菲）
- 031　浮生一盏茶（卿陌年）
- 036　清秋，素语（月下花雨滴）
- 041　画中禅（柳岸至水）

第二辑　心灵卷　蒹葭苍苍

049　回家（第九杯茶）

053　思念是糖，甜到忧伤（轻舞嫣然）

057　花开无语，爱无声（青梅柳）

061　秋天，有暖暖的风吹过（董斌）

064　风会记得一朵花的香（凌江雪）

072　丫头，我会一直静静地看着你（回味）

081　寄往天堂的思念（秋日骄阳）

087　忆祖父（马仲良）

第三辑　爱情卷　相濡以沫

095　暖一壶秋色，与你共清欢（回味）

100　心本无尘，落雪听禅（琉璃疏影）

104　落落与君好（风清儿）

108　你若来了，便觉禅意（云随风）

114　爱，秘不可宣（明月如霜）

118　一杯茶（董斌）

123　秋天的童话（李评）

128　一亭湖月冷梅花（林天洪）

第四辑　游记卷　回望扬州

141　独自去旅行（董斌）

146　西子湖畔，美丽的遇见（莲韵）

151　水影里的周庄（孙悦平）

157　回望扬州（林天洪）

163　赴约玉泉寺（云如故）

170　在凤江，不必谈理想（柳约）

第五辑　人生卷　流年印记

177　做一朵凡花，优雅独芳华（莲韵）

180　繁华之外，看一场文字的烟火（花谢无语）

185　流年印记（云水禅心之梦）

190　烟火人生（烟雨初霞）

196　独坐寒秋（西凉雪）

201　生命的痕迹（胭脂小马）

第六辑　故乡卷　心上圣地

209　故乡的味道（莲韵）

213　老井（微风悠然）

217　故乡的冬（孙悦平）

221　心上圣地（樊桦）

234　老屋（荒城布衣）

239　风自故乡来（烟月吟秋）

243　老街（胭脂小马）

第一辑

美文卷　落雪听禅

抱香枝上老

◆文/白音格力

初春爬山，曾在山下看到一坡的丁香开，一眼看过去，竟找不到词来赞美。看了许久，忽然觉得，看花开，欢喜着，一下就把人看老了。北方春未深，山头泛青，在这一树树的丁香前，我痴痴地站着，看着。只是看，看到老都愿意。

一整天一整天，可能看的书，就是一个字，一句话；一座山一座山，可能遇到的景，就是一株草，一缕风。

到这时，人的心就开始老了，老得直往慈悲、往柔软里去。会在一个字上，停顿良久，一个字打开一片日月；会在一株草上，行走多时，一株草长成一片大地。到这时，开始感觉人很轻，轻得似一缕指间烟，半盏茶香，似纸上的春天，开出一首薄薄的桃花诗。轻得无杂念，两耳如寄，了无牵挂，把熙熙攘攘、哭声、争吵、纠缠声全还给人潮人海，还给世界。只剩下月落乌啼，雨滴石阶，清泉石上流；剩下一个字，飘飘衣袂上，还能谱上半阕曲，一段清欢唱；剩下一草一木，是我最后最温暖的人间。

我愿这样老，老得如茶香，静坐而白云满碗；老得如诗行，薄语而亦素亦美；老得似花开，缓慢而枝上生香。

我一直认为，有一种"老"，跟岁月无关。它是一种滋味，是一种觉悟，是一种境界，甚至是看世界的一扇窗，窗里的一双眼；是柔和之美，是慈悲心怀，是一种缓慢的诉说。

但总是没有找到与这种"老"相应和的人与事，直到看过明代画家陈洪绶的《听吟图》后，才一下清澈明透，如遇旧知，有百般好。

画中两老者对坐，一人持卷而吟，一人拄杖而听。吟哦者身边立一奇貌怪身石礅，其上摆花瓶，瓶中插梅花一枝，枝上开几朵，红叶几片，润而有泽。

这一枝梅花一枝红叶，都有着如此饱满色泽，不会赏画的我，只看画作奇而妙的线条，说不上一丝好意思。直待某次，受到启发，再细想红叶红在深秋之末，梅花香在冬末春初，两者插在一瓶，真是不合时令。但是妙就妙在这里：梅冷香而有韵，分明节令上枝头；红叶灿如秋阳，留恋于一枝，尽数红遍，冬风不吹不落，白雪不飘不淡。

——呵，是抱香枝上老啊！

并非执着，也无关坚贞，只是尽本命，或者再多的是一丝心意，要在自我的世界里，完成最后的旅程。到此，老而香，香而远，远至万物花开，身体里全是绽放时热闹的声音。

我愿老成清风，哪怕只是一缕，但一定要一清至骨；我愿老成一棵树，哪怕只剩一枝，但一定要抱香枝上老。

我是早有盼老的心，写过老意，看过老屋，听过老歌，走过老地方。仿佛觉得，我已是一支用尽了力气的笔——把一座山，写给了一棵树；把一棵树，写给了一朵花；把一朵花，写给了一粒籽；把一粒籽，写给了一抔土。

然后，我弹着老时光，唱一曲老江湖，老来逍遥最自在。唱着唱着，词里清风笑，惹寂寥，曲也跑了调；摸摸怀里，仅剩一襟晚照。一霎，往事般般应。良久良久，抹掉一把老泪花，说一声，唉唉，老来多健忘，唯不忘相思好。

不忘的还有——我还留着最后的一笔，婉和，静远，透着遗世的香，为的是，把一抔土，写给自己。

到那时，为了与一粒纯净的花籽相遇，我会折断一身老骨头，从写给我的那一抔土里，长出一朵花、一棵树，长成一座山。

最美的时光，一直在心上

◆文/莲韵

有人说，最美的时光在路上，我却说，最美的时光，一直在心上。

——题记

新年刚过，辗转又到了阳春三月。

这样的时节，适合去踏青。于是选一个阳光丽日，一个人信步前行，不用去远方，也不用背负行囊，只许携一份诗意的心情，在郊外，或公园。可静坐，可观赏，可凝眸，可冥想，无论你以什么方式，都是一段静美旖旎的好时光。

和煦的春风吹醒了大地，也温暖了人间，唤起了心中的美好与期盼。季节兜兜转转，冬去春来，春天，应该是四季中最富有诗意的了，但愿能在这一时节，种植下一枚枚希望于心田，待我用温婉的柔情与心血，去悉心浇灌。不问收获，只为心的快乐。

春天来了，天是蓝的，风是暖的，阳光是软的，连飘逸的柳丝，也开始变得柔婉了。

草色遥看近却无,嫩绿的小草,开始探出头来,清澈的春水荡漾着,把一怀情愫摇曳得无比温润。或许,生活更多时候总是在这点滴的小感动里,偷偷地雀跃着,私密地欢喜着。

你看,三月的陌上,芳草渐绿,花事渐浓。独立小桥风满袖,浅浅淡淡的风里,有氤氲的花香,有浮动的柳韵。一剪芳菲,在春的枝头上含苞待放,承载着一帘清梦,凝眸处,花香盈盈,春意荡漾,醉人的气息,溢满心房。

挽一束明媚的暖阳,捻一指墨香,听曲声悠扬,让灵动的乐声,随着春的韵律,缓缓流淌。春天来了,阳光暖了,心情也变得格外开朗,所有的繁杂与荒芜,早已不见。闭上眼,能感觉到春风拂面的暖,抬头看见一枝春,一朵心花绽放着笑颜。

生命的旅途上,始终以一种优雅的姿态,笑迎春来百花开,淡望天边浮云散。属于我的我会去好好珍惜,不属于我的就让它远远地离去。不在虚伪的世界里自寻烦恼,只愿在真实的烟火里,活出自己本真的快乐与美丽。

在这个纷扰的尘世,人们都在极力地追逐着物质,殊不知,一日不过三餐,睡眠不过一宿,物质的需求其实非常简单。而多数人往往忽略了这一点,穷其一生都在名利上挣扎着,厮杀着,美其名曰为了生存而奔忙,其实不过是为了满足那一点虚荣心。总想把生活过得更好,可生活究竟是什么呢?当物质已经足够用了以后,精神的丰盈才是更高的享受,我们所孜孜以求的,不过是内心的平和与安宁。然而,物欲横流的红尘,又有几人能够记得给心灵一次丰盛的欢宴?

生活是一杯茶，冷暖自知，苦乐堆积，学会苦中作乐，平淡的日子平淡地过，平凡的人生自己活。我们每个人都有自己生命的轨迹，不论欢乐还是悲喜，只要我们努力，只要我们去坚持，不管成败与否，都是做最好的自己。

内心柔软的人，一定是心思细腻的人。这样的人，经常会被细小的事物所感动，一束阳光可以暖心，一恋清风可以醉人，在一帘烟雨里织梦，在一弯月色里沉醉。一朵嫣红凝香，一叶碧绿滴翠，沉静在自我的精神世界里，如此，与一花一草、一山一水、一茶一书，温柔相依，寂静欢喜。

有人说，最美的时光在路上，我却说，最美的时光，一直在心上。

日子是素的，阳光是暖的，光阴是静谧的，素颜薄面，草木莲心，淡雅出尘。闲暇的时候，采一缕明媚入眉弯，携一份诗意于心间，一段温暖的小字，犹如春来陌上花盛开。有阳光的味道，有花香的缠绕，有彩蝶飞舞，有翠鸟鸣叫。时光如箭，素心如棉，草木清幽，闲花淡淡，清浅时光，相依而安。

我不是个诗人，却喜欢在诗里行走。喜欢挽一束明媚，揽一份诗意，与心心念念的人，一起赏一树花开，观一剪柳韵，听几声鸟鸣，看一朵白云，飘逸在天空。就这样静静地，与这个世界温柔相待，旖旎相逢。

人生很短，谁也挽不住飞逝的流年，何不好好享受眼前，守住每一分每一秒的幸福，珍惜每一个美丽的瞬间？

谁人不是红尘的过客？在人生漫长的打坐中，能够将指尖的光阴捻指成花，总会在某一个瞬间，一个不经意的回眸，于时光深处，邂逅另外一个自己。这就是灵魂的隔世重逢，在无涯的光阴里，去寻那一朵前世的青莲，或是遥遥对岸的灯火阑珊。

　　山一程，水一程，能够挽着时光前行，抬头望见蓝天，低头看见花开，守住生活中点点滴滴的清欢，何尝不是一种简单的幸福？所有的悲喜离愁，都是命运的赐予，在人生漫长的修行中，去感恩，去领悟。总有一天，你会发现，幸福与美好，一直围绕在你身边。

放牧一群词语

◆ 文/白音格力

贾平凹在《天气》一书的自序中说："读散文最重要的是读情怀和智慧，而大情怀是朴素的，大智慧是日常的。"

尘世行走，有什么样的情怀，就决定你能看到什么样的风景。确实是我特别在意的。至于朴素至简与日常至淡，自然当是最稀有的情怀了，有没有大智慧，对身置其中的人而言已不重要了。想到这里，再想"天气"二字，是不是每个人都有自己的"天气"？是不是散文就是一个人的"天气"？

好天气，心境曲幽，走到哪里，随意看一树花，看风过树梢，听几串鸟鸣，听一声雪落，都是好风光。所以不妨就从城市的边缘开始，从离你最近的一扇窗看去，要静气，也需凝神，终能看到远处的一片绿，那便是一篇散文的神韵。

远远看去，随意爽直，清凉惹眼；近处再看，热情恣肆，高远深阔。远看是人生的风光，终其一生，也要坦率峭拔；近看是人生的善地，终其一生，也要细腻温婉。

如此，再到山间，最美的事就是放牧一群词语。任其化为风羽，染上十里荷红，三秋桂香；任其落字为根，生成清风明月，苍松怪石；任其游历无踪，自是水流云在，雨到风来。

一个词，谱上山谱，就是一场清风曲——你听，溪边踏歌声，心中顿时清朗，你与一整座山，情如桃花潭水；一个词，落在草尖，就是一幅水墨诗画——你看，不着一笔，自是山抹闲云无墨画，林间疏雨有声诗。

一个词，借水而发，清润有烟霞气，看一眼，可养心性，净浮虑；一个词，披风而行，随意如云鸟远客，看一眼，可安心神，去浮躁。

一个词，站在山间，就站成野旷天低；一个词，走在野花香里，就走成晴日暖风；一个词，睡在风中，就睡成闲云野鹤。

放牧一群词语，放牧的是世外逸兴，人生篇章，心中日月。你随便一走，就是一行浅草诗；随便一坐，就是一章花间词。笔触上，或行云翰墨，或词雅文练；意境里，或淡远情逸，或隽永含蓄。恨不坐老青松，日上三竿，读尽月章星句，读得人生明畅开朗，气势壮丽。

这时，一个词与一个词，因为怕你想家，便升成明月，落成清露。你看着那一群词语，读出一句"露从今夜白"，又一句"床前明月光"，而思念如大雁，已从唇间起飞，寄回挂念。

山间事，总是有写不尽的篇章，无须纸和笔，随处行走就是诗，种一坡桃就自成一篇散文。陶渊明在《归田园居》里写"相见无杂言，但道桑麻长"。只有山间，才有如此"无杂言"的清风明月，才有如此桑麻情怀。世间万般纠葛在此，都化成云烟，被风吹散尽，只道一声桑麻长，只关心耕种，情怀就是好天气、好文章、好风情。孟浩然在《过故人庄》

里描写的田园喜庆场面，关心的也不过如此："开轩面场圃，把酒话桑麻。"而元散曲作家孙周卿在《水仙子·山居自乐》里，写尽他自得其乐的隐逸生活，闲适惬意的也莫过于"是山中宰相人家，教儿孙自种桑麻"。这一声声桑麻，还有东篱菊、桃花园，哪个不是前人放牧的词语，而今你能读到，只缘身在此山中。

我曾写过"自静养墨"四个字以自勉。现在想来，也许就是为了养出一群词语，只为了养出一份朴素情怀，一份日常智慧，为的也是有一天，当我走进一片山，不会因为虚度，望一山风松而自愧，听一山鸟鸣而自卑。

到那时，我只需闭上眼，张开双臂，扬起头，放牧我心中一群群的词语。然后，一个词与一个词，因有简朴心愿，便手牵手排成篱笆；一个词与一个词，因有清澈意蕴，便肩挨肩组成窗扉；一个词与一个词，因有相惜心肠，便根盘根长成草木。

藤蔓上篱架，明月挂木窗，鸟鸣戏枝头，这样的小院草舍，任我喜，任我住，任我或坐或卧，自成篇章。在满山岁月这部大书里，静坐山无事，卧看云绕窗。

一窗秋色

◆ 文/琉璃疏影

"碧云天,黄叶地,秋色连波,波上寒烟翠。山映斜阳天接水,芳草无情,更在斜阳外。"走在范仲淹的《苏幕遮》里,眼前虽然是一片黄叶满地,却没有一丝忧伤。分过了,合过了,渐渐习惯了在岁月的安稳里,寻找一份自己喜欢的心情。

"清溪流过碧山头,空水澄鲜一色秋。"

时光总是这样,不等你细细地品味完花开花落的香,疏忽又去了遥远的山。娴静处,秋已踏着细碎的步伐,姗姗而来。带着些许厚重,带着些许沉稳,带着自己特有的色彩。

陌上,秋风又起,过客匆匆,有些情,由浓转薄;有些人,由亲到疏。相逢于山水,分别于市井。或许,这便是生命的释然吧。生命中的一些暖,来自于这些聚散的片段,月圆月缺、潮来潮往间,也习惯了安定、从容。

谁说,往事像一场无言的秋红?"我言秋日胜春朝。"

面对春去秋来的无恙,心中已渐渐变得淡然。那些曾经为爱痴狂,那些曾经无言的结局,不过是一场场镜花和水月的擦肩。红尘,熙熙攘攘,缘分来去如水,无须刻意,无须邀约,生命亦诗亦画。

看风吹雨成花,青梅追不上白马。在季节的变迁中,在时光的洪流里,愈来愈怀念一些老旧的东西。有时候,会在乎一些逝去的流年;有时候,会在乎一些擦肩的过往,譬如,那年匆匆的一场相逢;譬如,去年的那一片荷塘,今年少了哪一枝青荷?有人说,怀旧是一种沉湎,是停步不前。可是谁又能知道,怀旧也需要足够的底蕴与勇气?

故乡的庭院,已深深。荒草离离,物是人非的景物徒增一份孤独。此时,此刻,此院,多年以后还会有怎样的沧桑?是不是也会和我一样把日子过到一无所有之时,在时光里慢慢老去,化为尘埃呢!

立于老旧的窗前,看洁白的云朵从眼前悠然飘过。忽然发现,蓝天很蓝,依然空旷、辽远。原来,岁月的更迭,不会遗失曾经的美好,一如,时隔多年,你青涩的模样从未走出我的视线一样。

一场不期的雨,淋湿了安静的记忆。

落满秋叶的庭院,有一种从未有过的安宁。一路走来,太多的念与不念,太多的见与不见,都随了燕去燕回。所有的过往,如眼前被雨淋湿的落叶,厚重,有一种沧桑感。院墙的角落里,有些斑驳,无人打理的凌霄,依旧寂寂地开着。它总是以自己的方式,绽放着自己的春天。

漫步秋雨后的旷野,更有一种清新而让人心生喜悦的暖色。灿灿的金黄里,裹着人们一年的喜悦。偶有风掠过眉眼,掠过长发,掠过衣袂,掠过所有的草木,带一丝微凉迎面而来。我听见,有清脆的泉水叮咚,有鸟儿的如歌鸣叫。喜欢此刻，这秋风的温柔，不浓，不烈，如水，如爱！

春回的雁，从眼前飞过，成群结队，有一种虚张声势的美。它们，或密集，或疏离，或一字排开，或人字成型，却是去往同一个方向。它们跋山涉水，只是为了遇见春天。我们千辛万苦，又何尝不是这样？为了等待那一场春暖花开，执着，孤独，无怨，守候。脚下的青草，绿了又黄。欣赏"野火烧不尽，春风吹又生"的它们，不屈，不挠，即便狂风来临，依旧顽强、傲然。

那一片三月的桃花，依旧枝繁叶茂，彰显着生命的葱茏。桃林深处的茅屋，几经沧桑，依旧无言。长满青苔的井沿旁，曾经遗落过多少人仓促的脚步，终是被时光的尘埃抚平。仿若还是原来的模样，岁月的轮，却又缠绕了一圈。圈圈年年，离去的就让它成为过客，留下的就让它融入生命。

时光是一个无法操纵的沙漏，总有一天，会将这些曾经的点点滴滴，沉淀成最美的风景，放入流年的素笺，如诗如画亦如禅。

身在繁华，却爱上了树荫下的闲情时光，爱上了从枝头悄然落下的花瓣，爱上了一枚秋叶泛黄的静美，爱上了一溪水的澄澈，爱上了一片云的洁白。一剪山光，一眸水色，最是秋那一低头的温柔。风里，雨里，默默地喜，寂寂地欢。在某一个含露的早晨，为绿叶覆上一层金黄，悄悄让青青的枝头丰满。看秋，风尘仆仆从远方赶来，奔赴这一场不期的际遇，花开见佛，叶落成禅。

听说，春天在陌上种下的小雏菊，已经长大，而且，在这个秋天开了花。那是耀眼的一大片啊！姹紫嫣红，挨挨挤挤，带着秋天的沉稳，傲然凌霜，独自绽放。菊香深处，我看到曾经年少的自己，白衣素裙，与这些雏菊一样葱茏，肆意绽放光芒。

　　一路的流年匆匆里，我是否真的已经人淡如菊？我不敢想，也不想问，一切，终究在风生水起中沉淀成秋窗里的回忆。岁月依然不会因为某个人停住匆忙的脚步，我们亦不会因为某一场离别而永远忧伤。抬眼，蓝天依旧那样蓝，白云依旧那样白，而我，依旧写自己喜欢的字，看自己喜欢的风景。面对枫叶飘飘，也曾想饮一壶三月的桃花酒，微醺也无妨。醉于大片的枫红之中，只拥浮世清欢，只看过眼烟云，只听小桥流水人家。

　　很多从前说过的话，依风顺水。不经意间从脑海里跳出，跳跃成我最爱的那一米阳光，泛着淡淡的暖。曾几何时，一颗浮躁的心渐渐归于宁静，不染纤尘。曾几何时，把一些过往当成生命中的真爱，却终是被时间辜负。是我真的已经老去，还是厌倦了从前的鲜衣怒马？忽然就那么喜欢，在一剪平凡的烟火里，静静地把生活梳理成一本书、一幅画、一首诗。

　　其实，有时候，有些思想真的是莫名其妙的。就如此刻，我坐在秋天的风里，却想着春天的心事。穿过尘埃，穿过纷扰，就仿佛又看到行走在春天陌上的那些熟悉的人或事。"春暖花开，我等你来"的约定，仿若还在眼前，回首，却真的已经走出了很远很远。彼时花开，倾城了一怀婉约。打开折叠的光阴，三月的桃花，密密麻麻地开满了整个春天。也曾清醒，也曾醉过，杏花酒在寂寞的深巷泛着淡淡的幽香。

　　仿若一转眼，秋色渐深。

　　喜欢面前的秋水长天，它像你眼睛里款款的温情，缓缓流淌出清水般的清脆，又像雨后晴朗的彩虹引人无限遐想。想必，邂逅一泓清泉与邂逅一个人是一样的心情吧。就那样眉眼含笑，面对面地站着。即便不语，有些陌生，却依旧有种怦然心动的感觉。

四季，毫无缘由的生动、妥帖。我们是不是也应该感谢这一场场际遇，或者一次次离别？原来，有些心情，真的与生活有关，与风景有关。我相信，我是因为某些相遇而感动，因为某些离别而珍惜、而守候的。

面对扑面而来的许多斑斓的秋事，我是喜欢孤独的，就像一场一个人的文字盛宴，即便不成韵，即便无法找到平仄，即便有些人读不懂，这又有何妨呢？有些欢喜，随心就好，有些来去，随缘就好。

秋阳下，看着一个小女孩对着我笑，对着我做鬼脸，心就莫名其妙地柔软起来。曾几何时，女儿也曾牙牙学语，步履蹒跚，大手牵小手，却也在时光的洪流中渐渐长大。那些最珍爱的时光，一去不返。我们却依旧无悔留在了原地，累着，苦着，不辜负岁月赠予的每一份恩宠。

此时秋天的轩窗外，有天高，有云淡，更远处，还有一泓秋水。

抬眸间，蝉声、蛙鸣渐远。满坡的枫叶以火红的姿态入了眸底。风里，泛着熟透的果香。待光阴渐远，只剩一剪清影，便饮一壶秋色，入韵，微醺，诗酒整个秋天。

淡淡流年香

◆文/莲韵

不喜欢香艳的东西，那种浓烈的火辣的味道，似乎太刺人眼眸，感觉不舒服，叫人无法忍受。总是偏爱那些清新淡雅的带着丝丝薄凉的东西，一眼，就会莫名其妙地喜欢，润了心，入了骨，一见钟情，爱不释手。

喜欢淡淡的清风，风里有淡淡的思念，就像这春天，微风拂面，柔情万千。吹面不寒杨柳风，春风总是温婉多情，似婉转悠扬的琴声，犹如穿过我的长发的你的手，每每都会被这温馨的场景所打动，深深地陶醉其中。

日暮黄昏，一个人，款款漫步在这芳草萋萋的杨柳岸堤，心底，总涌出些许没有由来的欢喜。春暖，柳绿，草青，水碧，看谁家燕子啄新泥。折一枝春的小令，细细咀嚼着春的温润，剪一段时光静美，书一笺春光明媚，细品着淡淡的流年，淡淡的清欢。感觉这小桥流水的日子，竟是这样安静舒缓，回味甘甜。

喜欢淡淡的细雨，缠缠绵绵，丝丝缕缕，一夜之间，瘦了嫣红，肥了柳绿。一帘杏花微雨，一帘朦胧的诗意，涤荡了心灵的尘埃，氤氲了梦的美丽。撑一柄花折伞，漫步在淡淡的烟雨里，任微微细雨湿润了我的衣。遥望，远处那一弯弯醉人的碧绿，摇醒了满怀的期许。雨中的花蕾，沾雨不湿，娇艳欲滴，多想，就这样徜徉在一片烟雨里，一直走下去。远离那些繁杂，带着丝丝恬淡，去亲近大自然，享受着那雨中的诗情画意，感受着那种源自心底的温馨与惬意！

喜欢淡淡的味道，有一丝忧郁，还有一份从容。或许是因为有了经历，才有了今天的淡定，亦或许走过了太多的繁芜，才更加向往心灵的平和与安宁。

喜欢走进绿水青山，寻一处静幽，将一颗疲惫的心放飞，得到片刻的安逸与放松。喜欢淡淡的白云，淡淡的蓝天里飘逸着旷达的美。流云无心，春水无痕，一弯幽静的碧水，缓缓地流淌，默默无闻，清澈柔美。喜欢大自然里那一帘帘淡淡的嫩绿，一眼暖意温婉美丽，那是生命的色彩，淡淡的一抹，胜过一朵嫣红的秀色。

喜欢淡淡的花香，没有牡丹的雍容肥腻，也没有玫瑰的娇媚无比，只许一朵清新淡雅的自然，犹如淡淡的茉莉，纯白的栀子花，清香扑鼻，沁人心脾。又如一枝莲荷，出污泥而不染，濯清涟而不妖，馨香四溢，清雅婉丽。

喜欢淡淡的友情，一句来自天涯的淡淡的问候，浓缩了多少默契与真诚。君子之交淡如水，朋友之间这种淡淡的友谊，不会给你负累，不会让你疲惫，就如潺潺溪水，流淌着清澈与纯真，给心灵一种抚慰。

有时候，最让我们感动的，就是这些熟悉或陌生的朋友，因为你对他们没有太多的奢求，仅仅是一句简单的问候，就足以让我们感动许久！让我们最容易感到失望和受伤的，是你最爱的人，因为你对他们有着太高的要求。而友情的天空里，永远不会有雨，它只带给你融融的春暖，和丝丝凉爽的惬意。或许，这种淡淡的情意，才是最长久、最美丽的。

喜欢淡淡的墨香，宁静的时光，轻捻一拢文字，将万千心事凝于笔端，浅诉着淡淡的幽怨，倾诉着流年的清欢。无须多言，只需将心融入文字间，一切烦恼便会释然。灵魂有了文字的陪伴，便不再寂寞孤单。

春意阑珊，夜无眠，揽一怀如莲的心思，相约文字，书写着淡淡的心绪。花香阵阵，伴着淡淡的墨香，寂寞如藤，在心底暗生滋长，蔓延成一树幽静的碧绿。那些流年的记忆，明媚在枝头，轻盈如飞絮。心与文字的交集，在清风朗月间，独自缠缠绵绵。任四季风景辗转，觅一处静幽，听风沐浴，斑斓的文字世界，也有春暖花开。

喜欢一份淡淡的心情，享受着淡雅的人生。

喜欢静谧的夜晚，那一抹淡淡的月色，朦胧着一帘淡淡的梦幻。掬一捧淡淡的清水，煮一壶淡淡的清茶，与时光对饮。静静地去品味，品味苦涩的人生，也品味恬淡的心情。闲暇的光阴，沉浸在一本书里，浅唱低吟，细品着淡淡的落寞与忧伤，享受着淡淡的清欢与恬淡，感受着淡淡的自足与安详。

风雨人生，给自己一个微笑，坎坷路途，给心情一份美好。

八千里路云和月，穿过万水千山的波澜壮阔，挽一抹云淡风轻，一种温婉的情怀，一份淡雅的心境，云卷云舒，优雅从容。一指沧桑，淡淡留香。是非恩怨，都付笑谈，功名利禄，终成云烟。将生命里最深的痛，沉淀为岁月里的风平浪静。

回眸，浅笑盈盈，守住一颗淡泊的心，拥有一份淡然的美，去感受淡淡的意境，去享受淡泊平静的人生。无论是哪种姿态，绽放还是凋零，宠辱不惊，淡定从容，都是一抹最动人的风景！

幽居文字，云水禅心

◆文/桃园野菊

　　文字，是开在心间的花朵，总能以明媚的姿态，让奔忙疲累的心于宁静中觅得清欢。

　　每一个恬静余暇时分，已经习惯让自己打坐幽居在文字温暖的怀抱里，让层层暖意包裹忽而被凉意侵袭的心房，温热那颗云水般的如素禅心，任带着生命气息的字符从滑动的指端流淌出来。

　　浮躁的世界，娑娑的红尘，只想写下一笺笺的心情小语，不为功名，更不为其他任何的浮华世象。指尖年华，文字心路，渐渐成为自己修行的必需品，顺流逆流，悲欣交集，唯愿，修得一颗明净无波的云水禅心，度过那些寻我而来的碎碎光阴。

　　十月，秋意渐浓，秋色迷离，乱红如雨，我在一枚枚飘零的经脉分明的秋叶上，低眉写下款款深情，托鸿雁捎往有你的远方。阡陌红尘，匆匆而过，总有一些温暖的相遇触碰心灵的柔软处，总有一些命定的缘分如约而至，一次凝眸，一世珍惜。端坐在空旷的秋水长天里，将一帧帧明媚的心语，悄悄别在光阴的衣襟上，依着文字的韵脚，将那些山水相逢的遇见，一路铭记，一路拾掇，待到来年的春暖花开，光阴的故事里依然有你，有我。

清晨，台风欲来，雨沙沙，风萧萧，扬起我的长发，不染的尘心亦欲飞翔，悠悠然，飘来荡去，喜极这样凉意爽爽、清新流韵的早晨，秋风伴秋雨，不冷不热，无惊无扰，最是适合闲步在微雨中，任心绪梳理，任情思蹁跹。一个人漫步在落叶满地的绿林道上，心静如水，老榕树的胡须于风雨中不住地荡着秋千，仿佛在诉说着秋天的故事；凤凰树细细碎碎的叶片，风过处如天女散花般散落下来，那么洒脱，那么超然；一个又一个的蜗牛们，家被雨淋湿了吧，爬到了路中央，我习惯性地俯身一只又一只地捏起它们，放回路旁的草丛里，它们可知否？这凡来尘往的路中间有多危险呢。

那首清远悠扬的曲子《云水禅心》，在耳畔循环回响，此时此刻，真可谓应了景、随了心。因为刚刚破晓，道上除了自己还是自己，暂时不去想我要往哪里，只想这么安闲地踱步在小道上，听秋雨时而沥沥时而淅淅，看落叶时而飞翔时而滑落，潜心享受这种只可意会不可言传的意境。茫茫烟火世间，芸芸众生万象，每一样东西都有着他们本来的气息和生命，谁能说飘然而落的雨点没有心事？谁能说决然离枝的落叶没有故事？

古人云："天地景物，如山间之空翠，水上之涟漪，潭中之云影，草际之烟光，月下之花容，风中之柳态，若有若无，半真半幻，最足以悦人心目而豁人性灵，真天地间一妙境也。"喜欢陶然于天地间这种无言的美，钟情醉心于山水中这种空灵之韵。

甚至想过，待沧桑历遍，千帆过尽，放下俗务，趁身子还轻盈，背起禅的行囊行迹于山水间，任它春夏与秋冬，管它东西南北风，行到水穷处，坐看云起，邀风对酌，与月轻语，将所有前尘往事都交付给岁月，将所有聚散依依都付诸东逝水。如果还能在一弯水月里影射出点滴的曾经，那便是光阴赐予的最大慈悲；如果还能在一抹云霞里念想起似水流年里的斑驳剪影，那也便做到了对时光的不辜负。

也曾想过，在老去之前，趁眸光还清澈，择一日光古镇，选一老旧小巷，开家属于自己的茶馆去吧。馆子不必太大，小小巧巧，温馨满满，禅意悠悠，容得下寥寥几人便好。门前，悬挂着红灯笼，左右各一个，淡墨黑字，左边写上"云水禅心"，右边描上"禅心云水"，门上方洒洒脱脱地注上"吃茶"二字。门内，是经过岁月风尘的木格子纸窗和沉淀沧桑的老木桌椅，还有那青花瓷的茶具，还有那蓝绽白花的棉布垂帘，每个座位的一隅都摆放着一些书籍，或泛黄古旧的，或清新淡雅的，唐风宋韵，古今中外，任尔选读，在这里，任何一个旅人，不再是过客，可以是归人。而我，茶为道场，清泉煎茶，娴熟安静，氤氲茶雾中，袅娜茶香里，慈眉善目，心素如简，烹煮出一道道的云水茶汤，修炼得一壶壶的菩提光阴，如此，无憾终身。

一如，赏花，何须待陌上花开，我就在自家种上半亩花田，种上个春夏又秋冬，季季皆明媚如花，自耕自耘，自娱自乐，便已觉得是滚滚尘烟外的一种禅意的享受了。当不能迈开脚步去亲近自然，当不能用眼睛去亲睹山水，我就在一本书里去触感自然的呼吸，去聆听山水的声音，用灵魂去触摸心中向往的青山绿水；抑或，幽居在喜欢的文字里，安守一份宁静，任一粒粒带着香韵的字眼，去描摹云水深处那颗不染俗尘的禅心。

　　这落雨的秋，这飘雨的假期，待在家里最合适不过了，播放着喜欢的音乐，清扫着家里的积尘，侍弄着小小的花园，拿出相机拍下小清新。不去瞻仰外面的繁华，不去凝望别处的寥廓，只需在自己的小欢喜处静思，独赏这一刻的清静，因为眼前所拥有的才是最真实的，手中握住的才是真正的幸福。一直是个寂寞赏花人，我喜欢它们是寂静的，在烟火热闹处，静默开放，寂然零落。

　　窗外，恣意台风呼呼刮，滂沱大雨哗啦啦，我将嘈杂纷沓关在门外，屋内曼妙清音缭绕，一粒粒精灵般的小字从指尖滑出，呢喃着我的悠悠草木心，诉说着我的苍绿流年，我仿若撑起舟楫，划着桨橹，驶入那云水深处，渐行渐远，渐远渐深……

心有青山，绿水绕肩

◆文/爱雨菲

一直以来喜欢山，可能是因为生在山城的缘故吧！都说喧嚣的世界薄情，当我独自漫步在翠绿的青山小径，雀鸟蝉鸣，雾掩云遮，徜徉在峰巅林梢，薄情的世界也不似薄情，我看它是深情的。身在青山绿水间，心也放飞，变得如明镜一样澄明，我眼里的世界，情真意切，很美！

周末，阳光明媚，来到被称为"重庆后花园"的南山，它包括汪山、黄山、蒋山等数十座山峰。经过风云洗礼，这些曾为民国官僚私有的山头，如今已成了人民公园。陪都时期遗址群落——蒋介石官邸、宋美龄别墅等都隐藏其中。青葱茂盛的森林覆盖山野，优美逶迤的山岭，蜿蜒盘曲，犹如正在酣睡的巨龙。俯瞰足下，白云弥漫，环观群峰，云雾缭绕，一个个山顶探出云雾处，似朵朵出水芙蓉。

清晨上南山，空气特别清新，氧气充足，千山初醒，朝云出岫。在青青苍苍中，乳白色的云纱飘摇在山腰，如仙女在翩翩起舞。走在通幽的石子路上，看着参天大树，密密麻麻的丛林，嫩绿的草儿铺满了大地，红的、黄的花儿长在草地上，沁人心脾。那丝丝缕缕的光线透过树缝，地面上有无数光斑在摇曳，周围绿意盎然。爬到山腰再看，山简直变了样，它们的形状与在山下望上来大不相同，变得十分层叠，雄伟而奇特。往上仰望，山就是天，天也是山，好像你的鼻子可以随时触碰到山。远山缥缈在云烟里，就像几笔淡墨，抹在蓝色的天边。

不禁让我想起南宋时期，辛弃疾的"我见青山多妩媚，料青山见我应如是"。是啊，情与貌，略相似，料青山见到我也是如此这般。辛翁这样的气魄与志趣不能不令人赞叹，也实在有趣，是人与自然万物循环、和谐共生的大境界了。走在南山的吊脚桥上，头顶是蓝天白云，脚下有碧水奇峰，山的缝隙里，有清泉流出，滴滴泉水吸天地之灵，给大地带来清凉。青山绿水，无须多言，"水绕青山山绕水，山浮绿水水浮山"，此情此景，身在其中，浓的，淡的，稳定中有一份含蓄，我深深地被大自然这个能工巧匠所折服。

走累了，在路边的休闲椅上静静地坐下，微合双目，想象自己融入青山之中。此时，山风扑来，松涛声阵阵，此声拍打着心扉，舒畅开怀，尽情吸吮着风里甜甜的空气，宛如痛饮了一杯纯纯的甘酿，甜甜的醉。细细地聆听着鸟儿的天籁之声，一种深居山村的静谧便从我的思绪中流淌而过。高山流水，梵钟悠韵，苍松翠柏，轻寒翦翦，阳光沐浴，这是商略黄昏的精神自由。心有青山，总想着在这个世俗隔绝的圣地，放飞着平日里疲惫的心情，很是舒坦！

每次来南山，特别惬意，侧耳谛听亿万年来的寂静之乐，都被这雄浑的固体语言所震撼，需要心灵的仰视。那风，像是懂得了山的寂寞，鼓动着身子，在莽林间呼呼穿行。

我爱青山的平凡、朴实，它不羡红尘的妖娆，匍匐于这灌木丛林，安静地矗立于水湄之上，不骄不躁，用不同的造型和风貌展示自己的奇异风采。青山是静美的，任风吹雨打，它依然固执地守护头上的一片青天。山上的树木装扮着它，每棵树扎根于它的身体，每一片叶子在四季轮回里吐露新绿，是青山赋予这些绿意盎然的生机，展示它们怒放的生命。当人们无视着青山的葱绿时，我却深深地爱着它，这是大自然的魅力，把这风景描绘得如此心跳不已，沉醉，静赏！不忍归去。

喜欢我的青山，我的南山，西望，青山重叠，绿意盎然，北望，山岭起伏，绵延不断。山中一条小径像一条彩带从云间散落，而远处的人们似一个个小白点儿，零零星星地在彩带上移动着。身处在无尽无语的青山中，心也跟着一片寂然，不似平日里的浮躁。偶尔山间有寺庙里的钟声忽而剪空传来，令人既惊又喜，千岩万壑之间，竟也庄严了起来，那清亮的余声在山间回荡，似直指人心暮鼓，无迹可寻却又无所不在。心有青山，心如止水，佛曰："人生在世如身处荆棘之中，心不动，人不妄动，不动则不伤；如心动则人妄动，伤其身痛其骨，于是体会到世间诸般痛苦。心动则物动，心静则物静。心自然凉，心诚自然宁静而致远。"

叮咚，叮咚，耳畔余音绕梁，音不绝，不知从哪里传来的妙音，这是一次心灵的滋润，感觉似有春雨亲吻着脸庞，真的有点儿情不自禁。在心里默默地与它合拍，我也化成了一个音符，随它飘了起来，怎一个"醉"字了得。南山东面脚下是嘉陵江，山依偎着水，水映照着山，静静的和谐，淡淡的孤单。这闲散的心境一如人生，慢慢地把岁月怀念，静如流水，淡如青山。

青山是质朴的，水是清澈的，山路盘旋，也因有了虫儿、鸟儿、花儿变得鲜活了起来。喜欢，闲时与家人、友人来山上走走，让山里的清风去掉浊气，让山里的水涤荡疲惫不堪的心，到了青山，让快乐围绕在周围，心情的放松，心灵也跟山一样坚韧，也似水一般纯净了。终于走走停停，到了山顶，独坐一隅，胆怯地往山下望，绿水绕在山脚下，如一条绿色的丝带。抬眼，雾霭缥缈地浮在山巅，恍如期许的梦幻，曾经真切地向往着，而今就在眼前。自然神奇的力量，造就了壮丽的河山，令人心旷神怡，有一种力争上游的质朴美。似一幅凝重的画，又如一首深邃的诗，更像一个清新委婉的故事，让心徜徉其中，忘却了所有烦忧！

于山水之间，见青山之美，却道青山定也如此见我。自然之美，美于无所雕饰，浑然自顾，本来于凡世并无关联，只是渺小之如人们，看到世界本来之美，不能不爱它罢了。可是词人竟说"青山见我应如是"，是说自己与青山一般超凡脱俗，自在无为，质朴本真，青山与我惺惺相惜，形如知己。归去来兮，池塘蛙醒，随风答对。人在蓝天之外，心回青山之中。心有青山，青山有梦，在仰望与被仰望之间。浮云总爱趴在青山之上，绿水只为与它缠绕，仰望着它，却触不可及。千年之间，浮云曾走进流水的心，流水却又因为阳光蒸发到了天上人间，终化为浮云飘在青山之巅。

站在碧森森的树影里，回首来时路，心里有几分朦胧，多少悲欢离合，人来人往的车流里有一种难以言喻的寂寞。依然望见高枝倒挽白云的山巅,依然是站立在那里漠漠翠青的灌木,依然是看繁华落幕、尽显沧桑的原木老屋,心有青山,行云流水,心有青山,心怀幽谷。悠悠青山中,不必吟诵,清风明月都是诗;不必泼墨,青山绿水都入画。登临远眺,俗事烦心统统遁去,天籁之声,生命之歌声声入耳,一切了然于胸。心有青山,何愁绿水?这里有说不尽的人生真谛,我的青山,心灵歇息的花园,这青山断不可少……

浮生一盏茶

◆ 文/卿陌年

《五灯会元》中记载了这样一个故事：一日，两位僧人来访赵州禅师，习禅问道。禅师问其中一位：之前可曾来过？僧人答：来过。禅师说：吃茶去。又问另外一位是否来过，另一位答：不曾。禅师又云：吃茶去。领这两位僧人进寺的寺监感到好奇，遂问禅师：为何来过的、没来过的都要吃茶去？禅师只答：吃茶去！

吃茶，是为了让人生种种繁杂的念头消歇，让内心渐渐清澄。平常心，即是道。

茶，或曰茶汤，是一种起源于中国的饮品。传说神农尝百草，日遇七十二毒，得茶而解之。唐茶圣陆羽更是用尽一生追求茶道，留下一部《茶经》流传后世。

爱极元稹的一首宝塔诗《茶》，道尽了茶艺之美：

茶

香叶，嫩芽。

慕诗客，爱僧家。

碾雕白玉，罗织红纱。

铫煎黄蕊色，碗转曲尘花。

夜后邀陪明月，晨前命对朝霞。

洗尽古今人不倦，将至醉后岂堪夸。

茶，在今日常与禅相连，约莫是因为它清淡的味道和芳香，品茶者须得有一颗宁静淡然的心才可品出其中滋味。品茶，品的亦是人生。都说人生如茶，茶叶在水中静静地舒展，浮沉。一浮一沉像极了人生的两种姿态，少年时的不谙世事，张扬轻狂，经历风雨后渐渐懂得沉淀，变得温润敦厚，如同茶叶沉浮中释放的清香，氤氲天地万物。茶从来不似咖啡那般浓郁，亦不似酒那般醇香，但是却比白水多了一分清、一分香。茶的味道向来是微苦后回甘，平淡是本色，苦涩是历程，清香是馈赠，整整一个浮生，便在一盏茶里饮尽。

茶汤清澈见底，色泽纯清、通透。婉约却不失含蓄。向来为参禅者和心性寂静者所喜爱。不然，赵州禅师何以邀请僧人一起吃茶去呢？或许真的是"空持千百偈，不如吃茶去"。

卢仝一首《七碗茶》写得极好："一碗喉吻润，两碗破孤闷，三碗搜枯肠，唯有文字五千卷。四碗发轻汗，平生不平事，尽向毛孔散。五碗肌骨清，六碗通仙灵，七碗吃不得也，唯觉两腋习习生清风。"参禅的人，也如这一碗茶，滚烫的水，蜷抱的叶，似是那颗不安躁动的红尘之心，一碗茶水冲透，茶香四溢间，想必也获得了安定吧。唇齿间徘徊的香气，是不是也洗净了一颗红尘寂寥的心呢？

曾经去朋友家中做客，有幸品尝到他家乡特产的茶，说是当年新摘的茶叶炒制的。碧绿淡黄的茶汤通透诱人，茶香伴着丝丝水汽萦绕鼻尖，仅仅是嗅到茶香便觉心肺清爽畅快，小啜一口，温润而伴着甘苦，唇齿都是清香。纵使我是不懂茶的人，不懂得那一步步泡茶的顺序和讲究，但是对于眼前的一盏浮生，所幸还是可以静下心来浅浅品饮。我亦不参禅，但是一杯茶里，也是懂得那一浮一沉的轮转，甘苦人生的辗转变换。

有人说，可以不懂禅，不参禅，但是要活成一个有禅意的女子，安静、淡然地生活，不管这浮生多少聚散和别离，在心间泡一壶香茗，等待有缘人来共品。等到要走的时候，也不必起身相送，就让那剩下的半盏茶，凉在远去的背影里。阵阵的清风都是为你送行，这一盏茶，也仿佛喝尽了我们岁月的风尘悲欢。喝茶，喝的也是缘分。红尘万丈，能遇到隔窗共品香茗的人，何尝不是一种幸运？那是一种懂得，一种缘分，一种珍惜。

看过这样一个故事：好友二人相约对酌，为彼此饯行，一人因赴约匆忙忘记了带酒，只抽闲取了些虎跑泉水与友相见。于是二人借着西湖之水冲泡龙井。湖心之亭上，原本不醉不归的誓约变成了清淡的茶汤。知交对饮，西湖之水，便成了千金佳酿。说相逢与散场，说人生若江湖，醉生梦死，不过一晌贪欢。而这样可举杯共饮的友人，人生能有几回遇呢？

我自诩，品尝过铁观音那般沁人心脾的绵软芳香，毛尖的清素淡雅。茶香氤氲间，与友人一起安坐窗前，一本书，两个人，聊彻浮生。友赠我一包祁门红茶，说是供我细品浮生，安然于世。虽说我不是茶道女子，但是闲暇时还是会想起取出茶来为自己冲泡一杯，浮世悲欢，也就一口饮下。茶，向来不会醉人，这红尘的相遇、相惜和懂得，才醉人。茶有灵性，汲取了天地精华，雨露风霜，才有这般青翠芳香，喝茶的人，是有缘人。

想起采茶女，身着碎花的棉布衫，一双纤纤巧手轻盈飞快，将那枝头细嫩的香叶摘下。山间一定是有雾的，她们额头会有露水凝出的细密水珠，混着汗水，也混着茶叶的清香，成为永远挥之不去的味道，那般沁人，真实，却不梦幻。想必天地间也一定是回荡着她们响亮动人的歌声的："溪水清清溪水长，溪水两岸好呀么好风光……"她们会是快乐的，在自然世界孕育出的轻灵女子，眸子一定是灿烂如繁星的，她们眼里有山有水，有无际的茶园，皓齿间，也一定是有着茶的清香的。这样的女子或许不是腹有诗书，但是她们一定会是最懂得饮茶品浮生的人，一定是最懂得茶的人。

苏轼说过，从来茗茶似佳人。可见茶之于女子，该是多么的惺惺相惜。女子若如茶，定是极其寂静的，寂静中又带着一番味道，清新超然恍若隔世。或许不是隔世。而是身处红尘，却遥望红尘。一杯白水中煮去了世俗的尘杂，洗尽铅华之后，只剩一身清透。遇见一盏好茶，也是难得的机遇，仿佛邂逅那婉约清扬的佳人，一见倾心也不为过。

无论是采茶女的灵动秀气，还是如茶女子的宁静婉约，只要是懂茶的人，一定是比尘世匆忙客多了一分禅意淡定的心，多一分品饮浮生的气魄与自在。

浮生其实只是一场修行，人来人往，聚散无常，无论你是不问世事的红尘外人，还是匆忙漂泊的尘世过客，一杯清茶，饮尽风雪，也涤荡心魂。一颗安静的心，是不畏红尘熙来攘往、缘聚缘散的。安静的内心，无论是幽居于深山还是身处滚滚红尘浮世，自有一方清静无扰的天地，清风朗月，山峰依旧。

为自己冲泡一杯茶，静静捧读一本书，遇见某一个优美的句子，霎时心生柔软，仿佛与佳人相逢，缘分，如此寂静、安然。

抬眸窗外，是疏疏绿叶，暖暖日光，还有书里书外，等待重逢的有缘人。

清秋，素语

◆ 文/月下花雨滴

　　有一种等待，以为是在等谁。秋深了，等落了秋花，等秋凉一地，才明白，其实是在等自己内心平静下来的一段温情时光……

—— 题记

　　清秋，我的城，秋光已现斑驳，光阴轻软的手，正悄然给季节换着装。时光漫卷了秋色，循着秋韵生长的脉络，将一抹抹青翠演变为沧桑，却不曾留下一丝涂改的痕迹。时令岑然，一切的更迭，无声无息，安详而静谧。

　　喜欢清秋，喜欢清秋爽朗而鲜明的个性。天空高远，朗晴，云朵也仿佛薄了，风儿也似无牵无挂，眼中的世界，透明般地纯净。清秋，容易放逐，行走的脚步，变得如风轻盈。一只背包，一架单反，带上悠逸的心情去旅行。沿途，惆怅的风语，花黄的秋思，揽进情怀，是一种最美的安妥。一片飒飒秋光的秋林中，或许，不经意，会遇见那个原生态的自己。

　　风起的日子，丝丝缕缕的微凉，游走在落寞与爽怡的边缘，不温柔，不和悦,却也不恼人。思绪,任风儿轻舞成蝶,夹着秋花的香息,漫过芳草萋萋,将一个熟透的梦境,翩然于眉间。情怀,不偏不倚,落在秋心上,流浪归来的风,把一份深眷的邈远,轻柔拉近。秋风里,对于最适合自己的一种情感,依然充满期待,且心怀热烈地奔赴。

秋雨的日子,湿漉漉的澄净,眼眸中的风景如洗地干净,心情也格外清亮。季节深了,不必说凉薄,岁月的途中,不曾忽略生命里重要的东西。那些山河星月不相忘的情意,秋雨淫淫时,眷念,更浓。

听说,秋花中,早桂可以开两期。想来,是光阴的恩慈,是岁月的温凉。桂花淡雅的芬芳,浪漫着这个季节,更有一份秋月圆满的绮愿相衬,温馨了秋日时光。一年之中,每一季的花儿,都有独具的风韵,也是时下美好的象征。秋天的花,姿态,端庄温良,花色,鲜亮清艳,清傲、怡爽的品格,坚贞、耐寒的品性,不卑不亢地绽放于秋里,俨然一朵朵饱含生动意蕴的诗情。再过几天,农历的九月九,便是泉城一年一度的菊花展了,这一场菊韵倾城的盛宴,我一定会如期而至。

秋月朗明,秋夜如诗,无风亦无雨,只待卷帘人。一轮待圆的清辉下,读懂秋的明净心事。轻折一枝娇媚的桂花,低眉,轻嗅,清香沁入心怀,可是你未了的挂牵与想念?生命中,一份意与念的温柔相随,唯美了月色秋光。秋窗下,仰望明月,不觉思量,梦里的烟雨江南,是否也染了季节的些许沧桑意,是否也已为这个季末,打上了一层萧瑟底蕴?清秋的眸底,倒映着江南绿柳红花的旖旎,或扶桥而上,或秋水行舟,只期,重逢温雅清俊的一个你。

秋的情怀,怅然,却不忧伤,不冷冽,不喧闹,真诚而温良,无不迎合着自己的心性。世间万物，不动声色，悲欣与共，坦荡相见，相辅相成地存在着。年华匆匆的水流，不停刷新着时光的底片，秋情默默的样子，只待秋阳，点燃内心的妖娆与明艳。秋之念，不生凉，多想，让南归的燕儿，携着秋的寄语，捎上我的惦念，去到那，深情思恋的远乡故里。

光阴的故事中，秋风、秋雨、秋月、秋花，轮回为媒，诗画重聚。秋叶自飘零，秋水共长天，秋的饱满与萧瑟，秋的浓郁与风韵，都以自己喜欢的方式，温柔回应。那些被自己辜负的盛情和美意，那些走散的人，那些遥远的往昔。忧伤，欢喜，烙印在心上，是一生抹不去的纪念。

时光的记忆，碎成满地的琉璃；岁月的脸，撕裂成无法拼凑的断想。又谁能看穿，那些决绝言语中的柔软，和清润泪光里的坚强。有多少誓言，经得起秋风秋雨的考验，却经不起平淡如水的流年。而今，在乎的越来越少，一些明明在意的，却越来越想远离。而今，你在北，我在南，你说想念，我说，最好再也不相见！

一直以来，自认是个生性有些许凉薄的女子，不够热烈，不喜张扬。骨子里生就的沉静，就如这个季节的品格，会让人以为是清傲、清冷。不过我想，若是能够长久留下来的朋友，会了解我的真性情。对于一些别样看待的眼光，我也从不曾在意过，只要自己真心想交往的人，我定然会交付自己足够的真诚。

清秋，一场风雨过后，内心的悲喜真切而明澈，一些温暖的存在，一些默然的陪伴，甚感宽慰。或许，有些简单的事，依然挡不住人心的复杂，然而，又有什么重要！寻常心思，感染了几分季节的爽朗与洒脱，何不做个如风悠逸的女子，来去自在，无谓世人的眼光和猜度，长发飘飘，情丝逸逸，亦如，秋的姿态。

有那么一个人，一直相伴身边，还是想给他写一封长长的情书，说着自己的小秘密，说着平日里说不出口的话，说着我们一路走来的年华里，苦乐交织的难忘故事。我懂得，自己心怀里所有诗情画意的美好，都是他给的安暖所成全！我知道，他是我此生笃定的守候，唯一与风月有染的爱。我只愿，每一年的秋月圆满之夜，都有他一起陪着，赏月，听花。

每一个对自己来说有特别意义的日子，都会收到一些不约而至的祝福。那些念念不忘的牵记，那些简短深情的言语，总是会让眼底瞬间涌满幸福的泪水，宁静的内心充盈着久久难平的温暖与感动。然而，开心幸福之余，也总会有一份小小的感伤油然而生，总是会为原本以为会到来，却最终没有来的人，而感念深深。曾经热烈的岁月，如今的生命沉静了许多，而有些时候，自己却依然是个容易动情和怀恋的感性女子。

关于文字，又有几个人能真的懂得。那些轻描淡写中自己融入的真情真意，或许，大多人只是匆忙路过，认真、用心读你的人，根本就寥寥可数。我只愿我所在乎的人懂我，便够了！我也会同样用心地去懂我所在乎的人！不管人生中每一次际遇的结局如何，我都愿意努力去做到最好，做到圆满，都愿意和我深爱着的人一起，守候地老天荒的一天……

流年四季，饮尽风雪，至少还懂得回味的甘美，至少还感恩那些失散的人与事，曾一度温暖过冷若冰霜的心怀。秋，使得娇艳无敌的年华，变得愈发饱满而丰盈。过往中，一段段春华烂漫、秋月盈缺的故事，俨然是时光记忆的点缀。秋里，回望前尘，没有大喜大悲，没有遗恨懊悔，千帆过尽的光阴岸头，还有心欣赏天上的云白悠悠，地上的落花溪流。心景，依然是芳香弥漫，蝶梦翩翩。如此，多好！

待满目秋霜，满地秋黄，光阴的无语落寞，渲染生命的色彩，急风，冷雨，都在心绪的驰荡中，委婉，安怡。一颗尘心，低入自己心园的尘埃里，安守着繁华之外的一份清宁。蓦然间，那些随季节而生的温雅情愫，已是，千树万树的花开……

秋日的午后，更适合一个人，听听音乐，看看书。或是托着腮坐在窗前，呆呆地仰望一树光阴，在不疾不徐的时间里，任秋风轻轻摇曳着心事，静静等待，一片秋叶飘然落在窗台。当秋叶优雅而从容地脱离了枝干，于视线里划出一道曼妙弧线的时刻，寂静的生命似获得一份矜持的放纵，不必耗费任何的力气，疲惫的心，便得以轻悠如舞的舒缓。

他不在的时间，习惯了一种安静，一个人独处的安静。一室安妥，不闻室外风雨，不忧季节渐旧，虽说已是秋黄之期，内心却依然是一片盎然春色。生命里，有个他安暖守护，便是自己快乐满足的最大理由。

一纸光阴留白，读懂秋的暗语，依着如风的心绪，给自己命一个题；所有的情感，都在素净秋华中隽美流放。往事飞扬而去的铁蹄下，心事以文字站立的姿态，开成一朵朵风中轻曳的小花，亦如单薄而坚强的雏菊，傲然秋霜的模样……

画中禅

◆文/柳岸至水

1.

——小桌呼朋三面坐,留将一面与梅花。

隔着几十年的苍茫,依然可以远远闻得见,旧时的人语花香。

这样的古意,这样的朴素,旧时茅屋竹林边,红梅已含苞欲放。短草青碧,茅屋古朴,其上修竹高节,挺拔直上,郁郁苍苍,与遒劲枝干上稀疏点点的红梅,相映成趣。

置桌一张,约知己三两,煮酒烹茶,仰天望月,山高而月小,云淡而风轻。

妇人离开小轩窗,不再梳妆,缓步上茶;男人把酒开怀,话梅花。

山鸟千鸣百啭,持盏临风,气氛古雅而清绝。凉风吹去了岁月的烟尘,绿草在一边听虫儿说话。光阴如水,映出黄昏后的疏影。月亮升起,地上便是一幅水墨画。

无数刹那的皈依,靡落进画里,变成闲花微雨,变成微草野花。燕雀翻飞，泛着潮湿的古意，却没有冷漠，没有肃杀。

恬静的院落，默默承受时光的磨砺，升起几许"云深不知处"的禅意。

把酒，不必话桑麻；临风，不必伤怀古。

呼朋三面坐，留将一面与梅花。梅花苍劲的躯干透着沧桑后的极致，透着岁月的风骨。

陌上踏青，闲看满怀的春色。归来与梅同坐，不必抚琴听古乐，只将一份心意，赋作唐诗与宋词。只让心随笔墨，一并开做梅花。

2.

那时，河水很清，看得见河底的蛤蜊和游鱼。那时，天空很蓝，云朵像棉花一样白。春天里，燕子早早地来，冰凌慢慢地化。路边的野花，随手摘一朵，就可以给你戴在头上。那两小无猜的相逢，都是风里欢欣的风景。燕子叽叽喳喳，窃窃私语，说与青蛙。

河冰刚一解冻，就可以用红胶泥捏小人，捏一个你，捏一个我。不好看。摔碎了重来。直到黄昏时分，揉熟了的泥巴，你中有我，我中有你，再来捏一个你、一个我。

水塘边，芦苇摇来暮色，摇来风的吟唱。你采摘的小红花，映红了夕阳的脸颊。我从树梢折下的树枝，俨然胯下青骢马。

夕阳下，那河边的金柳啊，你怎么不说话？看着笑得花枝乱颤的她，傻傻地打马。

依偎着天地的苍茫，穿过多少春秋与冬夏。云的深处，有了万水千山；心的角落，依然开满灿烂野花。

而今，摘一枝轻盈的野菊，当作你的微笑，临摹太白笔下的羞颜花。

三月不可触，青梅遇竹马。

3.

小桥，流水，巨松，低矮的村落；水畔的青苔与野草，在晚风里倾身斜倚；远山，在夕阳的余晖里披上晚霞；拱桥像一扇水上的圆窗，可以看得见悠远岁月的童颜。

夏日溪畔，两山带一水。远处一高一矮的两座山，被绿树掩映的村落倚住。夕阳还映在水面，半江瑟瑟，半江金红。随波轻漾的浮萍，微微露出水面。岸边的青苔半湿，鲜绿着，一串未干的足迹，从水边拾级而上，踏上至桥边转向的台阶，迤逦而去。只剩山峦之影印在渐渐平静的江面，那影子也晃动着一层薄薄的金色。

一座小桥，分剪了溪水，也隔开了游子的岁月。独在异乡为异客，每逢黄昏尤思亲。一幅旧画给人一丝温馨的回忆：点点波光浮荡，条条柳丝拂动水面，水塘边嘻嘻哈哈的爽朗笑声，母亲、小姨和一群村妇们的洗衣声，捶打声，一大盆一大盆拆洗的床单、被套，洗好，又被晾晒在岸上大树之间的绳索上，迎风招展。那时的快乐像这波光粼粼的溪水，时时泛起温暖的光辉。

画面空无一人，山上大量留白，远山近水，青松苍翠，却不见日暮苍山、野渡无人舟自横的凄凉，反而有一种恬淡、宁静与祥和的亲切。人已去，笑声犹在；日已暮，青山未老。

现代文明带着一股躁气，潮水一般吞没了过去的宁静。曾经的美好，譬如诗，譬如刚直不阿的干净人品，都和这美丽的乡村一样，正在被渐渐吞没，或者被逼到一个偏僻的角落。在偏远的乡村，在茂密的山林，我们还可以顺着潺潺的流水与半湿的青苔，找到诗意的路标，心与夕阳相互映衬，迸出纯净与美的霞光。

在客居的山野小径，看着一轮落日被远山渐渐吞没，边走边忆，那些往事一一浮现，如多年前打好的伏笔。夏夜的山谷布满了流萤，暮色四合，四周蛩声四起，回忆忽然变成跳动的文字，落入诗行。乡间小路旁捉蝉、逮蛐蛐、追赶流萤的快乐，再度平平仄仄地活起来。回忆那时的场景，可以舒解身心。干净的空气，带着青草香，带着蛙鸣与蝉唱，让人开始懂得深情的依恋，懂得自己与自然的亲情，懂得世间自有花开花落，天上本无月缺月圆。

4.

一种悠闲，一点思念，一份淡雅。

自古才子爱佳人，何况"阑干十二曲，垂手明如玉"的佳人？

阑干原是仙居城阙，"十二"则极言其多，曲栏围护，重叠辉映。青松苍劲挺拔，院外曲径围栏，垂柳依依。圆拱门内，假山、绿草、花池、回廊，曲径通幽。一座雅致阁楼，飞檐翘角，绿帘半垂。

阳面阁台之上，一壶清茶正香，一个青衣女子倚栏俯瞰，着一件短袖旗袍，一手扶栏，一臂倾斜下垂，纤纤玉指自然弯曲垂落，令人不禁想起那低眉的菩萨。

此时，杨暗柳绿，杏花妖娆，一架蔷薇满院香。

玉净花明的女子素雅新装，一边倚栏观景，一边怀想自己的小心事。"柳絮欲停风不住，杜鹃声里山无数。"却原来，向晚轻寒，数点催花的细雨，惹得柳暗花明里，玉手女子无限遐思，只怕梨花落尽成秋色，望断斜阳人不见，院内空留秋千索。

李义山在《碧城》诗中写道："阆苑有书多附鹤，女床无树不栖鸾。"仙人以鹤传书，以白云传信。而这人间女子，只有用心寄明月，只需露台小坐，听风袅袅，拂动衣袖，心事重重，又被喜悦推动。

抑或，她会从画中走来，以娇羞的眼神，将流淌的心事，低眉信手地弹在风里，轻拢慢捻抹复挑，全凭这一双如玉的纤手。这等女子，唱起来，也定然声清韵美，字正腔圆，宛若流莺巧啭，彩凤和鸣；舞起来，美如天上女；动起来，似月中嫦娥。

那些画里飘出来的如锦音韵，如波一般漾在水面。岁月的温凉，随之淡而清远。

第二辑

心灵卷　蒹葭苍苍

回家

◆文/第九杯茶

无论走出去多远，多久不回家，对家和亲人总是怀揣着一份最深的眷恋。往事如梭，从小在外婆身边长大的我，对外婆那份真挚的情感，永远不会被时光磨旧。反倒是时间越久，那份执念就变得越深刻。三年前的那一幕，恍如昨日。

在机场等候登机的时候，我和母亲几乎一句话都没有说。舅舅前两天来了电话，说外婆住院了。电话里，舅舅既没有叫母亲回去，也没有说外婆的病情是不是很严重，仅仅就是这么一句话。母亲有些担心，毕竟外婆已经八十多岁了。人到这个年纪，就算没有病，身体的各项功能恐怕也大不如前，所以母亲的担心不是没有道理的。

从青岛到重庆，第一班飞机总是要到武汉去中转，所以白白地耽误了两个小时，害我们中午时分才到达重庆。五月的重庆，早已经湮没在如火如荼的骄阳里。我和母亲在机场的长途车站坐上了回家的大巴。

母亲看着车窗外熟悉的景致，像是自言自语，又像是说给我听一般地道了一句:"我三月说要来青岛的时候,妈就哭了一场,说是怕她只有死了,我才回去。"我扭过头,拉了拉母亲的手,什么话都没有说。母亲最自豪的就是,已经六十岁的她,还常常可以说回家看自己的妈妈。每每这种时候,别人都会说她好有福气。外公几年前因为直肠癌去世了,走的时候非常痛苦,而母亲每每说起外公的离世,总是泪眼蒙眬。

大巴在高速公路上飞驰,初夏的重庆,山是青的,水是绿的,就连那日头也有几分娇美。而我,无心去欣赏那些风景,心里有些沉甸甸的。母亲在车上睡着了,而我却一直拉着她的手。我已经很多年不在家与母亲一起生活,也就是最近这两年,母亲才偶尔过来跟我住一阵。她,到底是什么时候变老的,我居然都不知道。

父亲来了电话,问我们到了哪里。我看了看窗外的景致,差不多就快到家了。母亲被我的电话给吵醒,睁开眼的时候,下意识地看了看窗外。快到家了,母亲似乎也松了口气。

"妈,外婆会没事的!"我这样说了一句。其实,我这话显得有些苍白无力。我们都知道,外婆年纪大了,一旦倒下,恐怕就很难再爬起来。母亲偷偷地扭过头,把眼角的泪水抹去。我不敢去看母亲的眼泪,因为那些眼泪也会狠狠地刺痛我的心。

下车的时候,父亲就等在车站。见我们下来,一把接过母亲手里的行李包。不待父亲开口,母亲就问起外婆的情况来。父亲的脸色沉重,只说等我们回去就知道了,别的倒也没有多说。许是因为这样,我的心里就越是不踏实。

外婆出院了,就在我们回来的头一天。她说,即便是死,也想死在家里，所以无论如何也不愿意住在医院。舅舅有些拗不过外婆，又征询了医生的意见，说是可以出院，只是有什么情况得马上送医院。于是，我们一家在舅舅家里见到了躺在床上的外婆。仅仅只有两个月没有见到，外婆已经骨瘦如柴。看到我和母亲，外婆的脸上有了笑容，说是那么远都回来看她了，这回她总算是能闭上眼了。我偷偷地别过头抹了眼泪，然后静静地站在一边看外婆与母亲说话。母亲说着说着也哭了，我有些不忍看，悄悄地溜出了房间。

许是因为外婆生病，家里的气氛显得有些沉闷。舅舅显得有些憔悴，人也消瘦了不少。我无法安慰舅舅的忧伤，因为我也沉浸在忧伤里。父亲抽着烟，坐在客厅里和舅舅谈着外婆的病情。医生的意见当然是住院治疗，那样有什么情况也好及时处理，可是外婆死活不干，现在大家都有些束手无策。

我静静地站在一边。一直以来，我都是以晚辈自居。晚辈最大的好处就是可以不用作决定，也不用出主意，更不用负什么责任。可是，这些年来，我这个晚辈也成了大人。外公去世，外婆又病重了，我似乎依旧帮不上什么忙。

"妈，你就好歹为我们想想。我都六十岁了，我还想过年过节的时候可以说回去看看我妈。"

听到母亲在屋里大声地哭了起来，我和舅妈都冲了进去。母亲拉着外婆的手早就哭作一团。这些年，我很少看到母亲哭。上一回看到母亲哭，是奶奶去世的时候，母亲哭得死去活来。母亲的脾气秉性都像外公，不是会说的那种，也不是会讨谁喜欢的那种，就是老老实实的人。做人老老实实，做事也认认真真。外婆从前并不喜欢母亲的这种性子，所以在我小的时候，经常看到外婆责备母亲的样子。而母亲总是静静地听着，半句嘴都不会顶。如今想来，我这些年可没有少跟母亲顶过嘴，倒是真真的不孝。

舅妈在旁边劝了一场，母亲这才止住泪水。外婆也哭了。到了她这年纪，最希望的就是儿女都在身边。所以，她拉着母亲的手说："你还走吗？"母亲连连摇了摇头，说是专程回来侍候她的，哪里都不会去，我才看到外婆脸上的笑容。

那一夜，我没有睡好。人世无常。谁都有老的这一天，有一天我也一样会变老。人有生老病死，可是就算知道这样的道理，我们依然无法坦然地面对亲人的离去。

第二天一早，母亲早早地起来熬了稀饭。我因为要赶飞机回青岛去，所以吃过早饭，便拜别了外婆和舅舅一家。外婆特地下了床，像从前无数次送我走一样，一直把我送到门口。下楼的时候，我一连回头看了她几眼，她那瘦小的身躯在母亲的搀扶下显得更加瘦弱。果然，在我走后没有几天，外婆又住院了。

一个半月后，我在青岛，舅妈在电话里用颤抖的声音告诉我，外婆去世了。挂了电话，我一个人大哭了一场。虽然这是早就料到可能会有的结果，可是真的听到外婆去世的消息，心里依然无法承受。从此以后，母亲再也不能说回家看妈了。而我，再回家时，也看不到站在阳台上等我的老人。

如今，外婆去世已经整整三年。三年的时光很短暂，但三年的时光又很漫长。每每想起离家时外婆最后看我的那一眼，心，依然有泪在流淌。

思念是糖，甜到忧伤

◆文/轻舞嫣然

下午，天空飘荡着些许阴云，算不上密布，却也见不到几缕冬阳。极目辽阔的田野，寒鸦成群。在教室里，一抬头，就能看见它们或空中飞翔，或站立张望，或低头觅食的身影。操场尽头的小树是春天新栽的，此时枝头荒芜，细细的枝条在空中静穆。没有风，只是干冷。听同事说，今年冬天可能雪少，我的心一阵收紧。其实，我盼雪又怕雪！许多年了，一直这样与雪纠缠！

傍晚，儿子放学回来特别兴奋："妈，下雪了！你看见没？"

"是吗？下雪了？"我急忙走到窗前。

真的下雪了！

我只顾坐在电脑前看阿之姐姐的藏地小说，傻傻地没发现它来了。它没敲窗告诉我，自顾自地下着，没有一点儿声息。积雪的街头，竟是一片素净。

独自倚在窗边，那片皑皑之色，让我瞬间沦陷——初雪又至，可是您回来看我了吗？

下大雪了，就该淘米蒸豆包了。浆米两三天，磨面，做豆馅，然后就开始发面。儿时，家里有个青灰色大瓦盆，每次发面都是父亲的活儿，和好二三十斤面也是力气活儿呢！屋里是红砖搭的炉子，烧得暖暖的。父亲挽起袖子，面和水轮番上阵，三四十分钟后，豆包面和好，放在炕头儿发上。豆馅当然是妈妈的活儿了。红芸豆，白芸豆，红小豆，还有吃不了的豆角籽，都能做馅，馅料丰富。豆子蒸得咧开嘴，放入适量的糖精，然后用豆杵子在大锅里压、碾，时间越久，馅越细腻可口。豆馅要用手攥成山楂一般大小，放到外面冻好、备用。那时一边做豆馅，一边吃，糖精的甜如今想来是那么难以入口，而那时，却是人间珍馐。

发上一宿的面，有淡淡的酸味。从早饭后开始，一家人团团围坐，就开始包豆包了。最喜欢吃母亲用玉米叶子裹的豆包，特有的玉米甜味泅入豆包里，现在想想都流口水。这种豆包很费工夫，要从夏天开始积攒玉米叶，晾干，收好。包的时候也要比普通豆包多一道工序，出锅后放凉的时间也长。但因为我嘴馋，母亲每年都做。冬天的夜冷而漫长，父亲会一边生炉子，一边烤冻豆包，那种被玉米芯火反复炙烤的味道，萦绕童年的每一个冬天。

母亲在世时不善表达，只是默默地做这做那，忙碌而静寂。

母亲做的饭菜很好吃，她离开十几年了，聚会时仍然被大家津津乐道。最普通的东北酸菜，加上点儿土豆，也会被母亲做得有滋有味；还有烧茄子，不过油、没放肉，却让每个吃过的人，嘴角生鲜、久久回味。母亲去世后，自己也曾经尝试做过多次，却再也没有那种味道。

每次去烘焙坊都看看油茶面儿，偶尔也买一些，却不太吃。这次又买了些，放了两天了，婆婆说："买回来不吃，别放坏了。"我嘻嘻地笑，赶紧去烧了热水。看着两大勺油茶面在青白色的碗中，被热水一冲，稠稠的，眼睛便热了。舀了一小勺放进嘴里，面的香、芝麻的香、糖的香缠绵于舌齿之间。多么熟悉的味道，却又是多么不同的味道！儿时，冬天就吃两顿饭，小孩子总是愿意饿的，我也是。油茶面是我和弟弟极其奢侈的零食。那油茶面是母亲亲手炒制的，玉米面和着少许白糖，没有芝麻，当然也不如今天的精良，但于儿时，那味道极美。那是母亲的味道，无法复制，只能思念。所有记忆都是冬天的多，啃冻豆包、吃冰、黄豆、爆米花、酸菜芯；黄昏玩爬犁、打呲溜滑、打雪仗；晚上屋檐下照鸟……目光里，这些都是糖，母亲的离世，便甜到忧伤。

母亲一直很瘦弱多病，却还是吸烟。尤其是冬天雪后的早晨，天出奇地冷。母亲早起会咳得特别厉害，一边咳一边吸。那是一幅怎样的画面：母亲披衣而坐，烟氤氲了母亲的世界。剧烈的咳嗽声、刺鼻的烟味……今天想起，仍是那般清晰。我当时并不理解母亲为什么吸烟，如今我好像懂了——因为生活！因为生活，母亲选择吸烟，而我选择写作，都只是给自己寻一份寄托。母亲是坚强的女人，自己累到跪着捆稻子，依然在田里挥汗如雨。她用最娇惯的方式养育了我——地里的农活我几乎没做过，曾经甚至还觉得那是一份娱乐……

思念的口子一打开，关于母亲的点点滴滴就涌出来。那么多回忆冲出我的脉搏，红到满脸。那是思念的血液，在激荡奔涌。求学，让我和母亲相处的日子，那么短、那么短……如果我知道，母亲走得那样匆忙，我愿意放弃求学，多一日也好，多一刻也行。推开窗，伸出手，接住那份凉凉的晶莹，是您的呼唤吗？这呼唤随着雪精灵来到我的世界，我把它捧在最深的眼眸，也让这枚雪花带给您我最深的思念。

斜风织起雪帘，我聆听簌簌的雪花，给我唱思念的歌。每年这个时候，都会怀念母亲。十五年前，一个飘雪的日子，雪不大，却在那一天，母亲永远地离开了我。那样猝不及防，那样悄无声息。当我赶到医院时，只摸到了母亲冰冷的手。

三天后，母亲永远地躺在离我工作不远处的小树林里。昨夜又梦到母亲，在梦里母亲是那样近、那样近……多想，再握着母亲的大手，孩子一般地走着。细数母亲离开的一刻，又一刻。数到不觉中泪湿了眼角，一半忧伤，一半又明媚着。

如果，有一天我离开你的视线，你将再也听不到我的声音，再也看不到我的笑脸，而我却从不曾远离，你要记得，我永远爱你……

曾几何时，我也在母亲的膝头静坐，寻一份至宁的安抚；我也在母亲的怀抱，盈倾世温暖。而今，雪又倾城，却再也见不到母亲的容颜。母亲，天涯尽头，可真有琼楼玉宇，你可端坐安好？母亲，宫阙广寒，舞袂翩翩，你可遥望人间，泪湿衣衫？我知道，你从未离去，你在安静地看着我，我会把嘴角上扬，微笑着行走于纷芜世间。遗憾，我此时的记忆是如此零散。我努力拼凑曾经的点滴，却终究无法使其完整。"子欲养而亲不待"，于母亲，我是如此遗憾，凌乱地书写过去的点点滴滴，于指尖、心上。那思念是糖，甜到忧伤。我在甜甜的忧伤里打滚，一放手，那疼到心的血液就四处疯逃。

思念，不是你想躲、你不要，就会安静地走开的。

雪，还在下；我与雪，将一生纠缠！

花开无语,爱无声

◆文/青梅柳

我曾见过最美的花,它开在父亲种的果树上;我曾闻过最香的花香,它飘在那个狭小的院子里。回忆童年的时光,那些零碎的记忆仿佛都溢着香味,这味道经岁月的发酵,更加香醇了。

前些日子,我感觉身体不适,怕父母担心,我瞒着他们去了医院,提前用光了父亲打给我的生活费。我知道父亲积攒了两个月的工资汇了一些给家里,剩下的钱借给生病的表哥了,我不想增加他的经济压力,只得省吃俭用。我和母亲打电话时说漏了嘴,母亲是个藏不住事的人,把这事毫无保留地告诉了父亲。父亲打电话给我时焦急地问道:"你是不是去医院治病了,生活费没有了?"我笑着说:"没有啊,没钱了我会跟你要的。"我话音刚落,电话中的父亲带着责备的口吻,加大了说话的声音。"你妈说你每天吃一顿饭,我听到这话真的很生气,养育你们姐弟是我的责任,没钱,大人自会想办法。我养了你二十年,从来没让你吃过饿肚子的苦,眼看你大学就快毕业了,你居然给我整这事。"一口气说完这番话，父亲沉默了。他的一字一句像皮鞭一样抽打着我的心，我瞬间眼泪决堤，泣不成声。"爸，您别听我妈的，我没有那样做。"我擦干眼泪，轻声说。"没有最好，明天我去老板那儿预支点钱给你打过来。"我哽在喉咙里的字还未吐出口，电话里只剩下"嘟嘟"的声音了。放下电话，一种心酸在心底逆流而上，泪水夺眶而出。

从小到大，无论有多大的困难，好像只要有父亲在，一切困难都会迎刃而解。

孩提时，家里很拮据，日子过得紧巴。记得那时，隔三岔五就会有人来家里要债，父亲一出面，那些人就会很快地离开。"欠债还钱天经地义"，父亲一生最怕欠别人的债，所以总是想方设法地赚钱还债。

那一次，父亲去做了一个多月的小工，给我们带回来一些香蕉。那时我还不知道那种像弯月一样的水果叫香蕉，父亲把香蕉分到我们手上，一股清香味从鼻道蔓延到心，幸福的味道弥漫着。父亲说这种全身黄澄澄的泛着清香味的东西叫香蕉，小孩子到哪儿见得这么新鲜的东西，还没等父亲把话说完，我便迫不及待地把香蕉往嘴里送，父亲拿过被我咬过的香蕉，剥了皮再递给我，看见我边吃边笑的样子，父亲的眉一下子皱紧了。他抚摸着我的头说："都是爸没用，不能让你们过上好的生活，爸一定努力让这个家的条件变好。"年幼的我听不懂父亲所说的话，只是扑到他怀里，把手里的香蕉放到他嘴里。

父亲格外勤奋了，几乎是拼了命地干活。天微亮，睡梦中，我总会恍惚听到房门开关的声音，清晨的美好时光父亲全献给了庄稼。六月晌午的太阳毒辣如火，父亲吃完饭丢下碗筷，扛着锄头乐呵呵地去地里锄草，我习惯在院里看着他去地里的方向，直到他的影子变成一个黑点。他拖着疲惫的身体披星戴月地回家，总不忘抱着在院里玩耍的我去餐桌上吃饭，填饱了肚子，躺在床上打着鼾声美美地睡一觉，第二天他又像打满了鸡血似的活力四射。那几年的玉米收成很好，我想玉米的丰收定是父亲的汗水浇灌出来的。三亩薄地承载着父亲的希望，眼见田地里茁壮的庄稼，父亲觉得只要他勤劳的双手不停地干活，他给我们的生活绝不会比别的孩子差。

农作不忙时，父亲就去做水泥工，还清了债务，父亲还是要努力赚钱，因为我到了上学的年纪。父亲和叔叔们一出门，总是十天半月才回家，抬木头，挑水泥，修水库……只要是能挣钱的活，他都乐呵呵地跟着去。依稀记得，那一天是父亲归来的日子。天黑了，和父亲一起去的叔叔们都回来了，却不见父亲的踪影。屋外下起了大雨，母亲做好的饭菜都凉了，在一片焦急中父亲推开家门，全身湿透的他手里拿着几株树苗，傻傻地笑着进了屋。他不理母亲的责怪，冒着大雨，把树苗种在院子里，然后进屋蹲在我们身边说，那是他从很远的地方带来的李子树，再过几年，它们会结出香甜的果子。听了父亲的话，我天天都去院子里看着那几株果树苗，希望它在我的等待中结出果子。上了学，这事便被我慢慢淡忘了。

一年春天的时候，那几株长得比我高了许多的树苗，不约而同地开了花，父亲看到一树洁白的李子花时，开心地笑了，这花好像不是开在树上，而是开在他心里。四月芳菲正浓时，果树上的果子一个个排着队悄悄地长着，月光温柔的夜晚，父亲把我放在肩上，在院里跑来跑去，父女俩的笑声在黑夜中荡漾开来，树上的果子泛着光，仿佛也笑着。果子熟透了，我站在树下，望着小脸红扑扑的果子，馋得直咽口水。见着父亲的身影，我跑过去拉着他的衣角左右摇摆，抬头微笑地看着他，他用粗糙的手轻轻抚摸着我的头，一手抱起我放在他宽厚的肩膀上。我摘到果子像捡到了大元宝，兴高采烈地在他肩上晃来晃去，果子的味道入口清凉，回味甘甜，一如父亲的爱。

之后父亲出远门，只要看到果树，就会向主人家讨要，农村人都是很大方的，只要开了口，人家都会给的。我们在时光的催促下长大，院里的果树越来越多。小小的院子成了我们的天堂，五月有李子和梨，八月有柚子和核桃，十月有石榴，一年四季父亲的爱仿佛就在几棵果树之间传来传去。

果树喝着纯洁的露水，长得枝繁叶茂，枝条快垂到了地上，开花的时节，一伸手就能碰到花香。我很喜欢在繁花满树时爬到树上，任花儿润得一身清香，然后一点点沁到心扉。父亲在树下时，我会贪玩地从树上一跃而下跳到父亲怀里，而父亲总能准确地接住我。这座只有果树的小小花园，点缀了我童年的梦，也承载着我和父亲的回忆。

当院子里的地从土变成水泥的时候，那些树就整棵整棵地消失了，母亲说是院里晒粮食不方便，它们遮挡了阳光。现在院里很敞亮，一个转身就能看尽屋前屋后的风景，只是感觉少了一份庇护。

"多想和从前一样，牵你温暖手掌，可是你不在我身旁，托清风捎去安康……"这些年，父亲一直在外，感觉父女俩生疏了，小时候的亲昵变成了苍白的对话，可我知道，他的爱一如既往，只是把宠溺变成了守望。不论我走多远，在前行的路跌倒多少次，只要回头看见身后的父亲，我便充满勇往直前的力量。

那一院的果子花，花开无语，父爱悄然无声地绽放，惊了这一夜的梦……

秋天，有暖暖的风吹过

◆文/董斌

寒流刺骨，万物肃杀，凛冽的风扎得人心疼。男人紧闭着双眼像是安详地睡着，他不懂得女人此刻的哀伤。医生在给男人"判刑"：植物人！女人紧握的手在颤，受伤的心在抖。

"我一定要让他再站起来！"女人倔强地想，60岁的脸上却焕发出年轻般的坚毅。

一个月过去了，男人的病情丝毫未见好转，女人心急如焚；两个月过去了，男人依旧在混沌中挣扎，女人觉得有些茫然无助。

那是一个冰冷的寒夜，她在佛像面前低下了骄傲的头，她拜佛祖："你要是有灵，一定要救救他，哪怕让我去死！"她又问苍天，"为什么好人没有好报？"她感到茫然无助。

然而第二天一早，她又再次挺起了胸膛，因为她知道：靠神不如靠己，只有自己才能给爱的人新生！

春天到了，冰雪消融。男人也在冬眠了很久后的一天突然清醒，像是春天送来的奇迹。而照顾他的女人却老了，一个冬天，发丝成雪，人渐憔悴。好在严冬过去，春暖花开了，卸了一冬的疲乏和沉重，她脸上重新洋溢出了希望的笑容。

　　男人刚苏醒过来的时候，脑外伤导致他还不能很好地指挥各个器官，意识也是一会儿清楚一会儿糊涂，他的舌头发硬，不能灵活地运用吞咽的功能，也不会说话。为了使他能够尽快恢复咀嚼和说话的功能，女人每天戴上医用手套、为他做"舌操"。一天，也许是感到做"操"有些乏味，也许是苏醒初期脑神经还有些错乱，男人居然咬住了女人的手不撒口，疼得女人大叫，血从手套里渗透了出来。多亏护士及时赶到，掰开了他的牙齿，才没有酿成大祸。女人没有责怪他，一句"轻一点，别弄坏了他的牙"竟让护士的眼泪夺眶而出。

　　夏天来了，日头毒辣。女人又开始为爱人重新站立而忙碌。男人长期卧床，两条腿已经蜷缩到了臀部，不能伸直，要把腿部的筋完全押直，无疑是痛苦和艰难的。因此，每天为男人做一小时的全身按摩，对两人来说都是一种考验、一场较量，常常弄得两人大汗淋漓。男人很多时候还是尽力配合、努力坚持，痛得厉害就用双拳击打床沿、紧咬嘴唇来缓解疼痛。但也有时候他承受不了那种疼痛，就会使劲打人、掐人。女人在这个时候真是"心狠手辣毫不手软"，因为她知道，心慈手软，男人就永远不会站立起来。于是，女人的脸上，胳膊上频繁出现被抓出的血印，有的还很深，常常是旧伤还没消去，又添加了新的疤痕。有一次，男人不干了，为了阻止治疗，他竟然薅下了女人的一绺头发，把女人疼得直跺脚。委屈地说："你一定是认为我心狠吧，不然不能这么对待我，你怎么不理解我呢，我是不想让你成为废人啊！"男人听后，懊悔的脸上老泪纵横……

秋天来了，散了残云，晴了心胸。被阳光渲染了的梧桐树下，一对老人搀扶着前行。女人拾了很多的梧桐叶，并在金黄的叶子上写上自己和男人的名字，两人经常在树荫下的长椅里做发声练习。男人常常把"老于"说成"老驴"，把"你好"说成"已好"，弄得女人哭笑不得。但看着他吐字一天天的清晰，女人心里却由衷地高兴，医院的花廊里，总能听到两人爽朗的笑声。那天，她为了让男人高兴，垫了几块砖，去摘树上的山楂，男人看到一块砖有点活动，突然提醒她："老于，当心！"

女人不相信地慢慢回头看着男人，"老于，当心！"他像是为了肯定那绝对是自己的声音，再一次重复着，比上一次的声音更大。女人顺着树干一下子瘫倒在地上。她累了，想坐下来休息了；她哭了，尽管眼泪里饱含着辛酸，但那是幸福的泪水……

真不容易啊，因为有爱，她承受过太多的委屈和压力；因为有爱，她竟用瘦小的身躯重塑了一个崭新的生命。

就在这个秋天，爱产生了奇迹，风暖暖地吹过……

风会记得一朵花的香

◆ 文/凌江雪

当清晨的第一缕阳光洒到床上的时候,我醒了过来。秋天了,阳光落在脸上有些凉凉的。我揉了揉惺忪的睡眼,翻了个身,右手支着脑袋,静静地看着身旁依旧睡着的他,心狠狠地疼了。

他睡得并不安稳,脸朝着我的方向侧躺着,左手枕在头下,右手手指紧紧攥在一起,放在曾经我的右手经常放的位置。他的眉心拧成一团,像在两个眉头之间打了个结,眼睑和睫毛时不时地抖动一下,呼吸也随之变得有点凌乱。

我缓缓地伸出左手,轻轻抚过他的脸颊、嘴唇、鼻子、眼睛、睫毛,直至眉心,我用食指一点一点舒展着他打在眉心的结,可无论我怎么努力,那个结总是刚刚舒展开又拧上了。我想放弃了,手指刚离开他的眉心,忽见他的嘴唇动了动,喏喏着吐出一些话。我听不清他说的是什么,但我知道,他在唤我的名字:秋暖。

有风从窗户钻了进来,眼泪随风而下,淌满我的脸颊。我想拿一张薄毯替他盖上，却眼睁睁地看着我的手指穿透毛毯，什么也没有拿起来。我忘了，我变成这样已经有四年了。

四年前的秋天，我跟着他从医院门口走回来以后，他就看不见我了。

我不知道他为什么从医院出来，我好像睡了一个很长很长的觉，醒来时看见他独自站在医院门口，一副失魂落魄的样子。

他是生病了吗？我担心极了。

他四处张望着，眼睛空洞而无神，似在寻找什么。我以为他在找我，便笑着对他使劲挥舞手臂，说："嘿，我在这儿呀。"他朝我看了一眼，又把目光转向别处，未做丝毫停留。我生气了，他竟然对我视若无睹。可是当我看见他迈着虚浮的脚步走下台阶时，心中所有的气愤都化作了心疼。

我快速跑到他的身边，问他："你怎么了？"他没听见似的，依旧机械地向前走着。我着急了，去拉他的手，却被吓了一跳。我看见我的手穿过他的手，像空气似的，而他，一点也没感觉到我在拉他。

我不知道发生什么事。他为什么看不见我？听不见我？感受不到我？

我很害怕，一直跟在他后面走着。若是在以前，他发现我一个人落在后面，他肯定会返回来牵着我一起走的——他知道我在害怕时，会跑过来抱抱我的，可是现在，他只是独自走在前面。

红灯亮了，他没有停下。有辆车差点撞到他身上，他也一点不在乎，我去拉他，他也没反应。司机吓得脸都白了，我一边向司机赔着不是一边拿眼睛环顾着还在往前走的他。司机没有理我，看着他的背影，骂了一句我听不懂的话后开车离去。

回到家里，他站在客厅发呆。儿子不在家，客厅里好安静啊，我能听见他微弱的呼吸声和心跳声。不知道他怎么了，我唯一能做的就是静静地守着他。忽然，有断断续续的啜泣声在客厅里回荡起来。

他哭了。

我心疼地抱着他，说："你怎么了？你饿了没有？我给你煮粥喝好不好？"可是，他听不见我，也看不见我，自己木木地走进卧室，抱着我的照片坐在床边，一动也不动。我想去拿条毛巾来给他擦擦脸，经过镜子的时候，我惊恐地发现，镜子里没有我的影像。我无力地跌坐在地上，看着一脸悲伤的他。

我明白了，我消失了，没了，他再也看不到我了。我看着他在亲人和朋友的安慰下收拾着一切，通过他们的对话，我渐渐想起了我消失的原因。

我看到一个女子躺在手术台上，她和我有着一样的容颜。手术进行了七个小时，他一直守在门外，焦急得好像熬过了一生。这七个小时，我一直陪在他的身边，看着他的脸一点点变得憔悴，我真想敲开手术室的门，催医生快点完成手术。就在我把手伸出去的时候，手术室的门开了，他立即迎上去询问她的情况，却当我不存在。

我想，那一定是个对他非常重要的女子。直到，我听见他对着她喊出我的名字，我才发现，原来她就是我。可是，我明明好好地在他身边呀，怎么又躺在那里了呢？

医生说："手术很成功。可是，这个成功的全胃切除手术并没有抑制住她体内癌细胞的扩散。"

于是，他开始疯狂地为她寻找治疗方法。他带她去找了一个曾给外国总统治好过癌症的老中医，这个老中医也治好过患有同样病症的他朋友的母亲，所以他抱着很大的希望。他说，心灵的力量无坚不摧，只要心中有希望，就能克服一切。我也是这么想的，所以无论他走到哪里，我都要陪在他的身边。

那个时候，她的身体已经虚弱到极致。为了给她灌输活下去的信念，他读了很多心理学的书给她听，他还找来据说对癌症有特效的一种气功的师傅来病床前发功。

他给她读书的时候，她睡着了。我也感觉好困好困，真的很想睡上一觉。在我闭上眼睛前，我看见他握着她的手，轻声对她说："祈求上苍，让那个得癌的人是我，不是你。我不是要代你去死，而是要替你去生。"他一直相信，他有一颗足够坚强的心，能够克服癌症。

醒来的时候，不知怎的，我竟站在医院外面，看到了失魂落魄的他。他带着她的骨灰去了北京——她的故乡。他把她葬在京郊西山开阔的山谷中，墓穴里伴着她的，还有当年我送他的红叶和桦树皮。看他流着泪抚摸着墓碑上我的名字，我真的很想抱着他大声对他喊："我就在你身边呀，一直都在。"

可是，我做不到。

他收起了家里所有我的照片。他变了，整天愁眉苦脸，像个动来动去的大苦瓜。椅子上换下的衣服和臭袜子堆积如山，我从来没见他这么邋遢过。每天，伺候小王子睡下后，他都整夜整夜地睡不着觉，半夜起来打开电脑在键盘上敲敲打打，直到天快亮时才回到卧室一头栽倒在床上。

有时候，小王子会问他："爸爸，妈妈去哪儿了？"每当这个时候，他总是皱着眉头不说话。偶尔，他会悄悄拿出那些被他藏起来的我的照片，一张张翻看着，任眼泪一滴一滴地掉在照片上。他哭累了，就抱着我的照片沉沉睡去，我也静静地躺到他的身边。

我说过，要一直陪着他。他吃饭，我就坐在他对面看着他吃；他工作，我就站在他背后抚饬他的干草一样的头发；他去旅行，我就天涯海角地跟着他……

我知道，即使我这样一天天地守着他，他也不会知道我的存在。可是，他那么不快乐，我怎么能离开他？

我准备下床时，他的身体动了动，他把左手从头下面拿出来，在床单上摸索着寻找什么。他在找我的右手，以前我在的时候，我喜欢睡在他的左边，他每次都要握着我的右手才能睡着。其实，现在我睡觉前也会把右手放到他的手心里，只是他不知道罢了。内心有什么东西被触动了，我俯身吻了吻他的眼睛，然后起身去了隔壁房间。

隔壁是小王子的房间。

在这里，早晨不会被阳光照到，小王子睡得很沉，也比他爸爸睡得安稳。我离开的时候，小王子才八岁，现在，他已经快十二岁了，个子长高了很多，脸上的稚气也在一点点地褪去，这些，都是让我欣慰的。可是，他和他爸爸一样，眉心和眼睛里都透着一股忧郁。我试过无数次，想让他们感受到我就在他们身边，结果都失败了。

小王子很内向，唯一的朋友就是他的爸爸。他很爱他的爸爸，所以，他很听爸爸的话。但是，他也很怕他的爸爸。自从我不在了以后，他们的脸上都很少再有笑容，没有了笑容的爸爸看起来有点严肃，没有了笑容的儿子看起来有点冷漠，这，让他们之间总是隔着一层距离。

很多次，小王子想亲近他的爸爸，都在被他爸爸无意识地拒绝后放弃了。

我轻轻叹了口气，转身去了阳台。这里有几个空花盆，是我以前买回来的盆栽，我在的时候，他很用心地呵护着它们；后来我不在了，他也不理它们了，渐渐地，它们都倒下了；现在，只剩下了这几只空盆。阳台上还晾了很多衣服，都是小王子和他爸爸的。现在，他们的衣服都是一星期才洗一次，每到周末，阳台上就挂满了他们的衣服。他的衣服看起来都很旧，他已经有很久没买过新衣服了。小王子正在长个子，这些衣服看起来又偏小了。

我摇了摇头，准备回屋，一阵风吹过，他的衣角拂过我的脸颊，上面还有我熟悉的气息——那是他的味道。

回到小王子爸爸的房间，阳光已经爬到他的身上，他投在床上的影子很短，很凉。我双手抱膝坐在窗台上，看窗外浅浅的阳光，看窗内他睡着的模样。低头看了看我的身旁，地上没有我的影子。我的那片阴影，早已投在了他的心上。

我一直在想，要怎样才能消除他们之间的距离感？

也许，只有爱。

只是，我再也给不了他们这份爱了。

有一天，我发现他的状态突然好了很多，不仅脸上笑容多了起来，走路也更加轻灵了，上楼梯时常常忍不住四五阶地往上蹦，灵动的身姿，让我不禁想起他二十几岁时如风般奔跑的身影。

是什么事可以让他这么开心呢？我心里有点疑惑，也有点期待。

他的兴奋劲没有维持很长时间，几天以后，他恢复到以前的平淡状态。不过，依旧有一些笑容赖在他脸上不愿离去，总趁他不注意的时候偷偷跃上他的嘴角。

家里一如既往地冷清，在家的时间他大多都是在沉默地看报纸，只有在辅导孩子作业的时候，才会和小王子说上一些话。这些年，小王子也有了自己的世界，他不会再缠着爸爸说很多的话。

其实，他们都是孤独的。

我从一间屋子跑到另一间屋子，借着风声弄出各种各样的动静，想让家里多些人气，可由于我的力量太小，终究无济于事。

半年后，一个月光洒满大地的夜晚，家里来了一个喜气的女孩儿。门开的刹那，屋子里迎进了一室的月光。她站在月光里，腼腆地笑着。初时，她还有些拘谨。几天以后，家里就热闹起来了。她和他读诗，她陪他跑步，她拉着他的手逗他笑……这段日子，他看起来比以前快乐多了。看他笑着，我也笑了。

他快乐，所以我快乐。小王子也很喜欢她。他邀请她一起搭积木，一起玩冰火人游戏，一起读《丁丁历险记》的故事。他只要一喊"sister"，她就会意地对着他爸爸笑，不一会儿，整个屋子里都飘满了他们欢乐的笑声。

阳台上的花盆里换上了新的植物，新装上的泥土还散发着淡淡的芬芳。女孩低着头认真地侍弄着那些小家伙，他站在书房门口，静静看着她的背影,嘴角挂着浅浅的微笑,似乎陷入了久远的记忆中。

"呀,这里有个花骨朵。"女孩像发现了什么惊喜似的,兴奋地冲他叫道。

他从沉思中惊醒,缓步向阳台走去。

一阵带着清香的风从阳台上掠过,我感觉我的身体也化作了一缕风,可以轻快地飞翔。我飞上他的肩头,穿过他的耳际,舞过他的发梢,吻过他的脸颊,然后转身,融入茫茫天际之中。

似是意识到了什么,他忽然转过头,定定地望着我飞离的方向。女孩也随着他的目光望了过来,我看见,她的左手,轻轻覆在了他的右手之上。

我欣慰地笑着,对他们挥了挥手。

"再见了,我亲爱的风。再见了,我亲爱的小王子。"

丫头，我会一直静静地看着你

◆文/回味

天空飘下了一场清雪，季节悄然走进了冬季。想着过几天即将来临的大雪，进山去探望母亲就成为奢望了。

清晨，顶着冬日暖阳，驾车赶往城市东郊的卧龙岗墓园。十三年了，我还是第一次独自一人来看望在这里长眠的母亲。知道母亲生前喜欢花，我昨日特意选了九枝黄菊、九枝康乃馨、一枝白菊配上了一束满天星和几枝竹叶做衬底打包成束。冬日的墓园，仅有几辆来祭扫的车辆，让人不自觉地产生一种肃穆之情。我就这样一个人缓步而上，因为脚伤还在，步履有些蹒跚，心情也平添上了几分沉重。

漫山的落叶松在一抹冬阳下显得愈发挺拔，我先扫尽了墓台上小枯枝，又拭去了尘埃，露出了花岗岩原有的亮白色。摆放好花束后，我静静地坐在墓碑旁的石阶上。母亲可能早已习惯了我的祭扫方式，没有焚香，没有燃纸的味道，只是用心去倾诉。"妈妈，您在天堂还好吗？"每次我都会用心问上一万遍。

抬起手，轻轻地去描摹着墓碑上熟悉的名字，一抹寒凉顺着指尖沁入体内，让我的心不由得轻颤。"'丫头，我会一直静静地看着你。'妈妈，还记得您说过的这句话吗？"一行清泪顺着我的面颊轻轻滑落，我无数次在心里呐喊着，期待着您的回应，却只听到风从落叶松的缝隙间呼啸而过，带来了阵阵冬寒。曾几何时，我亦是您手心里的宝，听着您讲的故事，安然入梦。

　　提笔写字，却很少写母亲，即使有些记忆的片段必须出现在文章里，我也一笔而过。三十二岁就失去母爱的我，已经把那痛深埋在心底，害怕风，害怕雨，也害怕阳光把这份记忆变淡、变远，褪去它往日的深刻。

　　外公在四十岁那年有了母亲，她是外公唯一的孩子，外婆去世后，外公和母亲两个人相依为命。外公一直把母亲当男孩子抚养着，这也使外表清秀的母亲性格里带了几分刚烈和执拗。六岁时的母亲就显示出了非凡的勇气，一个人站在路口等着下班的外公，瘦弱的脸上带着坚毅。外公说起母亲当时的情景，每每都会落泪。因为每次下班回来，他都会看到母亲抖着双肩，眼里含着泪，却固执地站在大门口。

　　外公的家在这个城市比较僻静的街道，左邻右舍大多是解放前一起逃荒来的山东老乡。大家都操着一口乡音，生活习性也比较接近。那个年代，像外公一样读过书的人是凤毛麟角，而且外公是有手艺的人，还有一颗善良的心。很快外公成了这一大群"闯关东"的人中最受尊敬的老大哥，大家大事小情都来和外公商量。因为母亲也很有主见，慢慢地也成了他们下一代的小领导者，这使母亲在性格上有了更独立的一面。

　　父亲和母亲不算是青梅竹马。父亲十四岁来到这个大院，十九岁就考上了军校去西安读书。虽然生活在一个大院里,母亲比父亲小五岁,他们从未交谈过。因为父亲是寄居在叔叔家,平时也寡言少语。母亲自己也不知道从什么时候开始,默默地关注着父亲,用她自己的话说就是可能因为父亲的身世让她怜悯,父亲的学业令她羡慕,再有可能是一个大院里,大多是粗人,父亲却带着几分儒雅的气质,这都让年轻的母亲歆慕不已。

外公早已看出了小女儿的心事,只是在等待时机。在父亲毕业这年,托人找到了父亲的叔叔提亲事。父亲的叔叔也早有这个想法,父亲毕业后,两个人就结了婚。当时母亲不知道,父亲因为无力反抗叔叔的决定,放弃了自己心爱的女孩。后来,母亲在病中对我说:"如果不是我,你们的父亲应该会更幸福。"或许,正是这一见倾心的爱,让母亲的一生都在困惑中徘徊,直至生命的最后也没学会去释放自己。

母亲选择了父亲,这在当年也算得上赶了一回"时髦"。因为那时正是全国妙龄少女都想嫁给"最可爱的人"的时期。同学、同事包括邻里邻居都会用特殊的眼光去看待她,这也小小地满足了母亲的心。其实,母亲选择了一条最艰辛的路,和父亲结婚十年,自己一个人赡养着四位老人,教育着我们兄妹,还外加上一直管着父亲叔叔家的孩子们(因为父亲比弟弟、妹妹大很多)。那时候的母亲根本没有时间去考虑疲惫,和父亲鸿雁飞书,信中也就是寥寥数笔,写一下老人的平安和孩子们的状况而已。

一九八三年,我已经十二岁了,父亲调转回到了家乡。那时候的母亲早已是我心中最强大的代名词,家里的一桌一椅,庭院里的一草一木,包括收拾水电母亲都会一手操办，没有半点推脱和怨言，她早已习惯了自己去承受，去解决任何问题。

我从小就体弱多病，母亲一直骑着自行车上下班都带着我，把我送到离她单位最近的幼儿园里，这样方便她照顾。那时候，母亲最喜欢对我说的话就是："丫头，妈妈每天都会这样静静地看着你。"

外公常说："北方的冬天，寒得能冻掉下巴，冰硬得能把屁股摔成两半。"母亲却练了一手在冰面上骑自行车的"绝技"，也一直坚持着每天骑车带着我。等我长大后，学习骑车时，母亲经常会笑着说我："丫头，你是妈的女儿吧，怎么这么笨呢？"那时候，我就知道，母亲的性格中的顽强，是我要用一生的时间去学习的。

外公去世让我第一次看到了母亲的脆弱，母亲一直病了好几个月，一直没打起精神。外公临终时要求土葬，而且让母亲深葬，不要留祭扫的坟头。母亲含泪答应了，她把父亲的恩情永远地留在了自己的心中。因为外公土葬，母亲第一次给组织写了检讨信，而且直接影响到了她的工作，从区委宣传部又重新回到了之前的企业当宣传干事，可她从未后悔过，依旧努力地工作着。

可能是因为自己的成长经历，母亲做事一直很"武断"，这使她的性格变得有些"偏执"。我和母亲第一次争吵是因为初中毕业报志愿，我想报重点高中参加高考，而母亲却让我报考中专，早早就业。我虽据理力争仍没有改变她的决定，这使我一度厌学，整天沉迷在《射雕英雄传》里（1986年热播剧）。在我上中专的第二年，一场大病差点让我办了休学，那时母亲才对我说："丫头，你身体弱，不适合参加高考，无论你干什么，有没有出息，妈妈每天都会像这样静静地看着你。"

因为从小我就感觉到了外公外婆对哥哥的偏爱，在我心里一直认为大家都是"重男轻女"的。我一直很努力地在学习，虽然哥哥学得更好一些，但我仍然有我的骄傲。带着多年的困惑，我走进了花季。从那时开始，我真正地开始了和父母对抗的时期。先是拒绝了父亲安排的工作单位，进了一个区直单位工作。又再一次拒绝了领导推荐我入党培训，1994年就参加了一年的兼职工作。尤其在婚姻大事上，只要是父母托人介绍的，我都冷漠对待，最后都以失败告终。当我在一次痛苦的失恋中走出，带着伤痕累累的心依偎在母亲怀里落泪时，母亲轻轻地抚着我的秀发："丫头，什么东西经历了，才会知道，才会成长。没事的，丫头，妈妈每天都会这样静静地看着你。"

我出嫁的那天，母亲一直眼圈红红的，眼眶里蓄满了晶莹。老公一直不解母亲这是怎么了？可我知道，母亲是因为再也不会每天静静地看着我入梦而落泪了。母亲一直叨念着让我生个女孩，这样她才能安心。可能是因为母亲的执着，婚后的第二年，女儿的降生给她带来了最大的欣喜。每天都会坐两班车赶到我家，抱着女儿又亲又笑。"玥玥，你是妈妈的小棉袄，是外婆最疼爱的宝贝。"

女儿六个月时，我感冒了，高烧持续了几天，免疫系统遭到了破坏，全身的关节都在肿胀、疼痛，就连张口吃饭都很费劲儿。因为是产后得的免疫病，恢复起来特别慢。那时的我悲观，情绪暴躁。母亲怕我的脾气上来影响我们夫妻感情，她一直嘱咐老公照顾好孩子，而她自己一直在医院陪着我。

我肿胀的手指连饭勺都拿不住，每天早上得在母亲的推拿下，脚才能迈步走路。母亲每天坐在我的身边，从每个小关节揉起，手指、手掌、手臂、肩膀，然后是脚趾、小腿，最后还要帮我翻几次身。偶尔的力道不对，我都会大喊大叫，母亲隐忍着，但是我看得出，因为我在大庭广众下对她呵斥，她难过而尴尬。我有些后悔，但还是没能控制住自己。就在住院的第三天，母亲为我做按摩，不小心按到一处痛点时，我一下子把母亲甩倒在地，对她大叫着："你是不是我妈？就不能轻点啊！"还是父亲跑过来，赶紧扶起了摔倒的母亲。站起身的母亲依旧为我擦着汗，低声地劝着我："丫头，别泄气，妈妈会一直陪着你。"

　　深夜，我被疼醒，却发现母亲还未睡。我偷偷地看着母亲甩着手臂，紧皱着眉头，自己揉着双臂。她总是回过头静静地看着我，眼里噙着泪，不停地擦着眼角。我躺在那里，真想说一声："妈妈，对不起。"最终，还是没有出声，我渐渐地感觉到眼角慢慢地渗出一行清泪。

　　主治医师再次向母亲交代了我的病情，类风湿因子居高不下，让我使用化疗的药物控制一下，母亲点着头，含着泪在病志上签上了字。5毫克、10毫克、15毫克，当氨甲喋呤静推到达最高值20毫克的时候，护士还未拔下针头，我已经开始不停地呕吐，一直把黄色的胆汁吐出才算完。母亲依旧用着坚定的语气鼓励着我："丫头，你一定行的，妈妈会一直这样看着你。"我知道这一场病对我是考验，但是对于母亲来讲是更痛苦的煎熬。一个疗程下来，急性期的症状终于得到了很好的控制，母亲憔悴的面容第一次露出了笑颜。

　　当我走出医院，季节已经滑进了秋天。母亲为了我鬓上再添几缕花白，眼角又留下了几许深深的痕迹，可她再一次让我重生了。我在心里暗暗地下着决心，我会在生活的一点一滴中去好好地报答母亲的恩情。

真的是天有不测风云。没想到，我的病好了，第二年的秋天，母亲却病倒了。当我从CT室走出来，泪落满颊，母亲得了不治的病症"肺癌"。一时间，我觉得我还有太多的事情没有陪母亲去做。我曾经想着要带着母亲去江南，去看看那里的烟花三月和小桥流水；我也曾计划着带着母亲回故乡看看，登上泰山的南天门，俯瞰一下故乡的全貌；我还想着陪母亲去久违的海边去踏浪……我都没有时间去实现了。15个月，我只能陪着她奔走在各大医院，陪着她一起走过最后的痛苦岁月。

弥留之际的母亲越来越依赖我，每一次离开都像一次生离死别。还能行走的时候，母亲会拖着病弱的身体一直把我送出门口，牵着我的手，久久不愿松开，她静静地看着我，好像要把我的样子永远印在她的脑海里。我好不容易走出病房，她随后就蹭到窗口向我挥手，我每次都不忍也不敢回头，我怕，我怕那是我见到她的最后一面。有一天，我刚要走，就听母亲说："丫头，你慢点，让妈妈好好看看你。"我"哇"的一声哭了出来，逃也似的跑出了病房。第二天，我就辞掉了陪护，决定自己好好陪着母亲走完最后的日子。当我告诉母亲这个决定的时候，她孩子般地笑了，而我却泪流满面。

我静静地看着被放化疗折磨得憔悴不堪的母亲，头发稀疏得已经能清楚地见到发白的头皮，眼窝深陷，原来发福的面庞已经瘦成了一条，口周都是深深的皱褶。母亲才五十八岁，还未进花甲，看上去却已经老态龙钟。我静坐在她的身边，轻轻地攥着她干枯的手指，突然感觉到了她的颤抖，我知道杜冷丁也镇不住那渗入骨髓的疼痛。昏睡中的母亲，手又伸向了床头的电话，那里只存了我一个人的电话，我再次紧攥住她的手，母亲啊，我一直在，可是作为医者的我面对着病魔却束手无策，我的眼泪止不住地落了下来。

母亲身体越来越羸弱了，但父亲的冷漠令我心寒，我一直替母亲委屈着。

"丫头，别。你父亲要不是因为我，会更幸福。"母亲总是用平静的语气去安抚我激动的情绪。"妈妈能和第一个心仪的人生活一辈子，再苦再累都是幸福。我只是很遗憾，一辈子没回去看看，我和你的外公都是不能叶落归根的人了。丫头，我走后，让你父亲找个老伴照顾他，他在部队待的时间太长，不懂得照顾自己。还有你，照顾好自己，无论何时，妈妈都会静静地看着你，你一直是妈妈心里的宝贝……"

曾经的您一直在静静地守护着我，一路呵护我成长。可是现在的我，却只能这样静静地陪着您，看着您走向黑色的彼岸。我轻摇着母亲的手臂，希望她能再睁开眼睛看看我，看看我这个她一直静守的女儿。我还有好多的话要对您说，白炽灯的光亮把整个房间照得如同白昼，妈妈，还记得您说的话吗？"丫头，我会一直静静地看着你。"我的内心在呼唤，呼唤着您的名字，呼唤着您的爱能一直陪在我的身边。

母亲去世的那天，当她用最后的力气拔下了我放进她口腔里的吸痰器，安静地闭上了双眼，我知道我的冬季开始下起了雪。那雪纷纷扬扬带着我的爱，带着我的眷恋落在了这青山碧水间。

快接近正午了，阳光变得微暖，我就这样陪着您，让您感受到我的呼吸和我思念的呐喊。想着雪儿一早上就来祝福我，感恩节快乐!这正是我要对您说的祝福："妈妈，感谢有您，感恩节快乐！您一定还在静静地看着我……"

大山在呼应，一阵风掠过头顶，带着冬的寒，夹杂着些许阳光的暖，我静立在山冈间，静静地接受着来自天堂的您关切的目光。

"丫头，我会一直静静地看着你……"

寄往天堂的思念

◆文/秋日骄阳

"子欲养而亲不待",这句话像一根刺一样扎在我的心里。

十年了,我一直想倾吐心中的思念,想告诉您我在回忆里曾一遍遍触摸与您一起走过的温情岁月,细数旧日时光里的琐碎。在这样的触摸中,我慢慢理解着您的情感,渐渐领悟着您的赐予。一点一滴,于我来说,都是那么珍贵!

在您离去的初时,我不敢提笔。满心的忧伤会因回忆而哽住呼吸,加深我的思念和痛苦,所以我试着不去触碰。然而,那时的每一个夜晚,我都会在梦中流泪,一些过往旧事在脑海中凌乱地回放,让我辗转反侧,百感交集。

八十九岁的高龄,在他人的眼里,您的人生算是完美落幕。没有因病彻底卧床不起,一夜之间平静地于睡梦中走完了自己人生的最后一程。人们说,这样的离开是修来的福气!是的,外婆,您毫无痛苦地去了天堂,那的确是您一生的勤劳善良、一辈子的无私付出得到的回赠。

然而，您的离开却给我留下无尽的思念。或许是因为我从来没有想到过，有一天您会永远消失在我的世界里，会舍下您一心呵护、惦记的我。所以，在拥有的日子里，觉得一切都自然而然。我也从未对您亲口说一句感恩的话语，未曾直白地表达过我心里对您的爱意。一切却在那个清晨定格，这成了我心里抚不平的伤痕、抹不去的疼痛。以至于，十年来，我都不敢触碰心底这个安置着您的角落！

那个清晨，与往日并无不同。夏日的晨曦中，鸟语花香。

安静的卧室里突然传来母亲急迫的呼唤，在她口中，我的名字已经变了腔调，声音里满是不安与慌乱。当我以半迷蒙状态急速冲进卧室的时候，瞬间清醒了。母亲让我留下来陪着您，她跑去拨打120。我亦手足无措地看着您，您的呼吸细若游丝，眼看着一口气呼出来，却没有另一口气再吸进去。我知道，我正在面临着生命从您的身体里抽离，而我却无能为力，只有眼睁睁地看着。您望向窗外，混浊的眼里我看不清有没有对这个世界的留恋不舍，因为我的眼前已经一片迷蒙。当母亲再进到卧室时，我哽咽着告诉她，您走了。母亲怅然，却不再慌乱。后来，母亲对我说，您没白疼我，弥留之际我是唯一陪伴您的人。我却不这么认为，您对我的付出和关爱，我无以为报。这最后的陪伴又怎能释然我心！

您陪我走了三十四年的人生旅程，我的每一步里都印着您的疼惜。我是您一手拉扯大的孩子，您看着我上了大学，看着我上班，看着我结婚生子。我的儿子出生后穿的是您亲手缝制的衣衫，至今这些小衣服都还在我的衣柜里珍藏着。您的爱，始终没有离开。

还记得我大学时放寒假回家，寒冷的冬天让我特别贪恋被窝的温暖。勤劳的您，早早就起来做饭。母亲一直说，她享用了您一生深情的付出，我又何尝不是！您直到近八十岁高龄，还抢着和母亲分担厨房的家务。

做好早饭的您走进了我的卧室，迷蒙中我感觉到您把手伸进我的被子里，抚上我的肩头，您洗过菜的手带着一丝寒凉，让我一个激灵，心里顿生不满。那时，我不知道您为何总喜欢在清晨来看我，不管春夏秋冬，总是抚摸我的肩头。您离去后的十年光阴里，在儿子渐渐长大中，我终于领悟到了您的这份慈爱。如今，我也喜欢在清晨的静谧中，端详儿子熟睡的模样，也会忍不住伸出手触摸他的面颊，爱抚他的每一寸肌肤。每当这个时刻，我脑海中就会闪过您的那双手，带着老茧的手，再没有寒凉，而是穿过时光传递到心的温暖。

上了年纪的您喜欢回忆，一个人的回忆或许太过寂寞，于是您总是喜欢和我面对面坐着，讲述您的曾经。我心情愉悦的时候，会静听您的故事。烦躁的时候，也会心不在焉。然而，您并不介意，只管在旧时光中穿梭。

您出生在一个还不算贫穷的家庭，于如花年纪嫁给了外公，外公是一个小商人，常年奔波在外。聚少离多的婚姻里，留下了一男一女两个孩子。在您的那个年代里，两个孩子实在是太少了。无奈的却不只是这落寞的日子，更痛心的是您在等待与期盼中看到的是外公携来一个并不比你漂亮的女人。他肆无忌惮地践踏着您的情感，让您在无望的婚姻里煎熬。但您的忍耐换来的只是更多的不堪！于是，您走出了那个年代里让人惊骇的一步——离婚。担心女儿的命运，无奈地放弃了儿子。背井离乡，大字不识的您与命运展开了抗争。每次想到您独自支撑着残缺的家，我就会眼眶湿润。

在您的叙述中，我也担忧着您如何带着年幼的女儿生存。或许，宿命如此。您又有了新的依托，继外公给了您和母亲一个温暖的家。他一直没有孩子，于是母亲成了你们唯一的寄托，得以生活在怜爱娇宠中，在那个年代，她上了重点高中，考进名牌中专。这是继外公的功劳，也是您的福气。然而，命运对您真的薄凉，母亲毕业后正想回报养育之恩时，继外公完成了他的人生使命，永远离开了这个世界。您再次失去了依托，唯有随着母亲落户于贫苦的矿山。母亲说，那个时候本有理由和您一起留在城市生活，然而信仰的力量让她带着您走进了穷山僻壤。

命运让我做了您的外孙儿，也让您无私的母爱从母亲的身上延至我的生命中。五分钱，在现在看来简直毫无钱的意义。然而，在我小时候，那却是很可观的一笔钱。它让我有别于同龄的孩子，在您一次一次地将五分硬币放在我手心后，在我一次一次吃着冰棍或其他零食时，引来了多少艳羡的目光。那一枚枚五分硬币，是您沉甸甸的疼爱。

您没有读过书，却总是能说出很多让人感触的话语。记忆尤深的是，"乌鸦落在猪身上——看到别人黑看不到自己黑。"那时，我很懵懂，不知其为何意。您就笑着说："这人吧，总是看到别人的缺点，找不到自己的毛病。"虽然这只是一句歇后语，您却用得那么恰当，也让我因为您的解释而时时反省自己。您总是对我说，母亲不容易，要孝敬她。您还说，对方的母亲也不容易，要像对待自己的亲娘一样孝敬。逢年过节，总是您在催促我们不要忘了寄钱去，表达子女的孝心。您走后，母亲继续着您的叮咛，也常常提醒我们。现在，这已经成为我们生活中的规矩。

回忆您给予的深爱，我总是会感觉愧疚。在三十四年里，我没能为您做些什么。虽然母亲总是夸我对您的孝心，然而我心里却总是惶恐着。您老了，走不动了，背起您是我义不容辞的责任。您和母亲却仿佛觉得这是一件很了不起的事情！在我的心里，却总是有一些事情哽着，我不敢说出来，总觉得无地自容！

记得有一次，我们买了一瓶饮料给孩子喝。孩子喝了一点儿后，放在了桌子上。您坐在餐桌边顺手拿起喝了，我当时第一反应是这瓶是孩子的，所以伸手夺了过来。您没有生气，只是有些发愣。其实袋子里还有一瓶饮料的，我不知道当时的自己搭错了哪根筋，这件事情让我懊悔至极，久久不能忘却。

我的记忆里还时时晃过那样的情景，您坐在沙发上，四岁的儿子故意去把您的鞋子踢进沙发下面，来回奔跑中也会有意无意地踩在您的脚面上。您的脸上却微笑着，宠溺的眼神跟随着他的身影。那种浓浓的爱意让整个房间都亮堂起来，连空气都是温暖的。然而，我却愧疚着，疏于对孩子的管教，以至于他总是欺负着年迈的您。

说起与您一起的日子，有无数个镜头闪过。我很难用这笨拙的表述完整地、清晰地展示您给我留下的一幅幅珍贵画面，也难以道尽您这一生的善良、温婉。您的爱之深亦是我浅薄的文字无力承载的。

最让我难忘的是您离去的前一天晚上，母亲让我给您喂饭。您安静地吃着，一只手在自己的衣襟上不停地捻动，另一只手总是在试图抚摸我的手臂。我和母亲说，您吃了不少，母亲很欣慰。她最近总是担心，或许母女连心，她有了预感。稍事休息，我起身抱您进卧室。不知道什么原因，在抱起您的一瞬间手打滑，虽然您依然稳妥地躺在我怀里，我却感觉到您由于这颤动绷紧的身体。如果不是第二天清晨您的离开，这一瞬间于我或许只是瞬间而已。可是，您离开了。于是，那一瞬间成了我不能释怀的自责。我总是和母亲说，如果不是我抱的时候吓着您了，或许您的心脏不会由于这一紧张而衰竭，那么您就不会这样离开。我懊悔极了，反复责怪自己的失误。母亲安慰我，人老了，到了时候自然而然地离开，与我无关。可是，到现在，我也无法释然。

我陪着舅舅去殡仪馆看您，在伸手触及您的身体之时，我的心猛地一颤。我无法相信给予我三十四年安暖的您会如此寒冷！从那一刻起，我总是在想或许是我们错误的判断，把温暖的您送进了这冰冷的世界。这念头让我陷入一种恍惚中，觉得您没有死。"死"这个字就像一把刀子反复割着我的心，让我历经十年光阴，依然在回忆中情不自禁。

您最遗憾的是没有亲眼看到弟弟娶妻。我曾不只一次在清明节纷飞的纸灰中和您对话，弟弟娶了一个漂亮的妻子，也有了一个可爱的儿子。生活美满幸福，您可以放心了。如今，我的儿子也已经上了高中，健康正直。于我来说，十分欣慰。他的书桌上摆放着您笑意满满的一张彩色照片，慈祥和蔼，始终温暖着我们的家。

亲爱的外婆，您的陪伴是我人生中最珍贵、温暖的记忆。是您的爱护让我幸福成长，是您的善良让我感受着这世间美好。让我的思念，从海天相连处寄往天堂……

忆祖父

◆文/马仲良

在乡下，每逢清明节有上坟的风俗，就是在死去的先人的坟上添几锨土，以示纪念。今年的清明节，我和往年一样，给祖父上坟。

一大早，我就拿着铁锨来到祖父的坟前。这时，天已大亮了，坡里到处都是上坟的人，不时传来鞭炮声。今天天气阴得很，像要下雨的样子，这正应了"清明时节雨纷纷"。

我在祖父的坟上添了几锨土，面对眼前的这个小土丘，祖父在世时的往事浮现在我的眼前。

我的祖父是在旧社会长大的，他十二岁时就担起了家庭生活的重担，犁、耧、锄、耙都是他一个人干。刚解放时，祖父还是农会的干部，带领着贫苦农民进行了清算地主的斗争。由于祖父不识字，在结束了土地革命以后，祖父就在家里种着属于自己的土地。

祖父是一个很勤劳的人，他还会做一手好菜。后来，祖父成了学校的炊事员，在这个岗位上一干就是十几年。再后来，祖父在一个亲戚的介绍下到了一个公社的经营处做炊事员。在祖父来之前，这个经营处的炊事员换了好几个，祖父一来就有人说他"贴不了三个灶爷"，就是说祖父也干不长。

祖父所在的经营处离家有四十多里，由于祖父是炊事员，整天要忙三顿饭，不像经营处的其他工作人员能经常回家，所以祖父一年里也很少回家。那时，我们很盼望祖父回来，祖父回来时，就把食堂里卖剩下的馒头用油炸一下带给我们吃。我有兄弟姊妹四个，生活很艰苦，童年给我印象深刻的就是饥饿。祖父带回来的油炸馒头成了我们的美食。

一天下午，我在给生产队放牲口，收工时我牵着牲口回了家，这时正碰上祖父背着一个袋子，袋子里装着半袋东西，一看见祖父，我的眼泪就出来了。我一边流着泪，一边笑着跟祖父一起回了家。祖父让我洗了手，拿出半块油炸馒头，我狼吞虎咽地吃了起来。直到现在我还能回忆起那时油炸馒头的香味。

祖父不能常回来，我和父亲倒是经常去经营处。在这里，我一住就是好几天，在这里，我最大的满足就是能吃到肉。

记得有一年，我大约八九岁的年龄，我要去祖父那里，母亲不放心，不让我去，我软磨硬泡，母亲终于同意了。吃过早饭，母亲给我两毛钱，让我在路上买茶水喝，我高高兴兴地上路了。四十多里的路程对于一个八九岁的孩子来说，的确不亚于一次"长征"。开始的时候，我的腿很有力，走着走着感到两腿发软，腰也疼了起来。天已晌午了，我才走了一半多一点。我在路边的茶棚里买了一碗茶，又买了一个咸鸭蛋，稍稍休息了一下，又迈着沉重的步子往前走。临近傍晚，我终于走到了。这时，祖父正在做晚饭，祖父从锅里给我捞了一块骨头，我用双手捧着啃起来。说实话，我能用双腿走完这四十多里路，就是为了这样的美味。

祖父在经营处当炊事员的十几年里，几乎每天都很忙。记得这些年，祖父没有和我们在一起过一个年。祖父虽然很忙，不能常回来，但是每年至少要回来两次，一次是在春暖花开的三月，一次是在炎热的三伏天里。那时候，都是凭工分吃饭，父母亲整天都在生产队的地里干活挣工分，没有时间侍弄家里分得的一片菜地，祖父回来就是给家里种菜。祖父都是在下午回来，晚上挖菜地、种菜，第二天早晨又走了。

一天下午，放学以后，我背着书包回家，看到门鼻上挂着一个黄色的挎包。我知道祖父回来了，我很高兴，到处去找，后来在菜地里找到了祖父。祖父没有穿褂子，光着脊梁，身上出了不少汗。祖父把菜地里的烂瓜秧和野草清理干净，就开始挖菜地。天黑了，该吃晚饭了，还有一点没有挖完。吃过晚饭，祖父还要去挖，父亲也要去，祖父说："你白天干活累得不行，好好歇一歇。"于是又一个人去了菜地，祖父走时还带了一些要种的菜籽。

祖父在菜地里忙到什么时候才回来，我一点都不知道。第二天，天亮了，我也起来了，祖父却要走了。他说，回来时把这两顿饭交给了司务长，去早点儿还能洗洗碗，刷刷锅，不能光让司务长一个人忙。

祖父刚来经营处时也听到过别人对他的议论，祖父是一个很要强的人，别人说他干不长，他偏要干长，给自己争气，给介绍他来的亲戚争气。祖父刚来时正是夏天，天气很热，别人在午后都休息了，祖父不休息，他把院子里的一片荒地的草除干净，在上面种上了菜，这样食堂里吃的青菜就可以不用买了，为在食堂吃饭的人节省了不少开支，大家都很感谢祖父。北方人喜欢吃面条，那时的面条都是用手擀。祖父用盐水和好面，擀成很薄的面皮，再切成面条，这样下到锅里很筋道，很好吃，祖父的手擀面受到了很多人的称赞。在日常生活中，祖父总是想方设法调剂着吃，别的师傅做牛肉时，总是掺着其他的菜炒着吃，祖父则把牛肉煮熟煮烂，然后切成很薄的片，配着蒜泥、作料调着吃。

那时，经营处大量收购生猪，然后往外销，而运生猪的汽车很少，因此，收购来的生猪不是随时都能调出去的。有一年是十一月间，天气很冷，经营处收购了几百头生猪都在圈里养着，后来找了很多汽车来调猪，第一天晚上陆陆续续来了十五辆汽车，祖父就给开车的师傅炒菜做饭，忙了一整夜；第二天晚上又来了十三辆，祖父又忙了一夜；第三天晚上又来了十一辆，祖父又忙了一夜。连续三天三夜的劳累，再加上烟熏火燎，祖父病倒了，在医院里躺了两个多月，一直到过罢年才从医院里出来。病好以后的祖父不做炊事员了，因为他很勤劳，人缘好，经营处的领导没有辞退他，让他干其他轻活，这样，祖父离开了干了几十年的岗位。

在经营处，祖父的为人很厚道、很公正，不管是机关的干部还是同志，祖父都能以诚相待，这也是他能在经营处长期干下去的一个原因。祖父在经营处一干就是十几年，在这十几年里，他从未和单位里的任何人发生过争执。有时候，有人不知出于什么目的找他的麻烦，他总是忍气吞声，把矛盾化为乌有。

经营处虽然是个不大的公社级单位，但是里面的人员很复杂。单位里有一个副主任，是从部队下来的，他在部队是一个连级指导员，到了经营处任副主任很有情绪。单位的主任是一个很务实、很能干的人，把一个单位管理得井然有序，效益很好。而副主任总以支部书记的名誉，常常抛开主任组织几个党员开会，研究单位的问题。副主任还想在单位里扶植自己的势力，于是看上了为人诚实、有老资格的祖父。而祖父是一个不喜欢拉帮结派、钩心斗角的人，对于副主任的拉拢不以为意，副主任很生气，于是在一个公众的场合，副主任把祖父狠狠地训斥了一顿，以解他的心头之恨。可怜祖父这个近六十岁的老人，在大庭广众之下被人无中生有地训斥，他很伤心，很难过。在和我说起这件事时，他流泪了，这是我看见的祖父一生中唯一的一次流泪。

  不远处的鞭炮声惊醒了我伤痛而幸福的回忆。我看到眼前的土丘，心想，爱我疼我的祖父埋葬在里面，永远不能再和我相见了，我的眼睛湿润了。面对眼前这个不大的土丘，我只能多添几锹土，多烧几张纸，以表示对祖父永远的怀念与敬爱！

第三辑

爱情卷 相濡以沫

暖一壶秋色，与你共清欢

◆文/回味

雨过风寒，阵阵的寒风吹进九月的深秋。岁月无痕，你踏着一袭月色悄然走进我的梦。早已不记得你是如何走进我的城，只知道这个秋天有你的陪伴，真的很好。与你相遇是我心底的暖，一个想念，穿越整个秋天。在我眼前漫过云烟，薄成一幅画，画里有我，有你，还有一壶秋色，淡清欢。

——题记

一场秋雨过后，突觉风凉了，天高了，云也淡了。把一弯温婉涂染在一枚落叶上，淡写思绪。遇见，是一次偶然的问候，你却成了秋天我眼眸里最靓丽的色彩。总想伸手抚平你眉间的忧伤，把那光阴里太长的伤心移出你的心海。心怀暖香，低眉，浅拾一抹岁月的浅笑，在一次回眸间，记住相识的美好。

捻手素年，我们在文字里栖息。天涯虽远，若懂得，已经是咫尺的距离。掬一捧秋色，蓝天做布，清风做笔，清描一幅秋天的童话，随墨落入一纸信笺中，寄于你，安暖流年。我们是隔着山水的情牵，喜欢在你的文字里徜徉，书写一笔最初的愿望。给时光一个回眸，文字飞扬处，是我的爱在静静地流淌。秋，在笔墨里生香。风染的层林，冈上的麦浪，池里的枯荷，园里的菊香。每个角落都散发着阵阵秋香，每一处秋韵都带着点点香甜。此时的秋，在我眼里彰显纯静之美。

　　因为你，秋在我的眼里不再凄凉，我的心也因你不再忧伤。这个秋，沾满了思念。看着满是落花和枯叶的小径，被风剪瘦了的柳枝仍在摇曳，几片枯绿依旧与秋阳争艳。怀着对季节的眷恋，风与叶做着最曼妙的盘旋，云悄悄地把缥缈的秋思隐于心间，渐渐地变成滴滴秋雨，顺檐而落。想着，此刻天涯的你依旧绿染葱茏，骄阳似火的明艳。真想，采撷一片枫红，掬一捧清凉，寄于你。让我们一起在这个秋天里，把风言欢。

　　"天寒了，记得加衣。"总是在一种简单的问候里感知着你的暖。坐在晨风里，感受着秋的清凉，品着风的清香，一如文字里的默契。就让我们彼此珍视这份隔屏的情暖，既相遇，不分离。待彼此，永如初见。相遇，无须刻意。遇见，带着一份最真的虔诚，不早不晚，我刚好途经你绽放的瞬间。唯愿，我们在文字里相携，相伴走过一程程山水，落笔写下素简岁月里，你我安好的晴天。风轻轻地飘过窗前，夹着你墨花的清寒，这是你伤情的秋，却给了我秋的温暖。静静地望着天空从灰白变成淡蓝，心亦从一种思念的清愁变得明朗。你在，彼此相念，就是安暖的陪伴。

一直喜欢午后的那抹茶香，袅袅的茶香中充满了恬淡。你说："我写了很多关于茶的文字，却很少饮茶。"我却把那抹念煮在一壶清茶里，在淡淡的茶香中，慢慢地品尝着那思念的味道。把你的清影映于一杯茶波中，把那一段段的感念的文字置于脑海里，随着你的文字走过山川河流，荒漠陵丘，用心去体会你脚下的波澜。一句懂得，让心在此刻交汇，任思念穿越时空，布满岁月的青墙。一份牵念，在秋风里漾出一阕清词的温婉。置身于暮落夕阳的秋影里，在一曲悠悠的清音里，任余晖拉长我遥望的身影。"落霞与孤鹜齐飞，秋水共长天一色"，风，在一抹秋阳里扬起一池秋水的思念。

我说："天寒了，晨曦里有了点点冬的味道。"你说："我这儿夏日余温缭绕，我们中和一下正好是下一季春天。"一种相知，无须见面，只要彼此都在，彼此都懂得同一种情感。婉约的文字飘落在素淡的纸笺上，平仄的诗意挂在秋的韵角上，轻轻地捡拾一枚秋叶，暖一壶秋色，与你在这一季秋色里共享清欢。

指尖的光阴，轻落在季节的眉宇间。静夜，明月如霜，风夹着你的气息，叩击着我的心窗。一滴秋露，旋起一圈念的涟漪。我在一盏灯影里，静静地想你，原来，思念也会如此美丽。一首歌，一阕词，你的儒雅投进我的眸底，你的墨香浸入我的心脉，把那笔端起伏的相思写进一枚秋叶里，让一缕秋风扬着爱的风帆，驶向天涯的你。

白落梅说："缘是十字路口的相逢，是红尘陌上的牵手；缘是万朵春花一齐绽放，是两枚秋叶一起下落；缘是山和水的对话，是日与月的交集。"在茫茫人海中相遇相识就是缘，我们的故事在这个秋天里辗转。期许着，你恰好来、我恰好在的美丽相遇，下个故事里只有我和你。

你如风，走过四季，依旧带着风的孤傲。我愿如云，如影随形。一朝相逢，淡淡相守。默默地感谢这份遇见，在文字里记下一份久远的安暖。蓦然，欣喜。在一帘秋雨里感知着秋的美丽，因为在这个秋天能与你絮语相伴。风轻卷着落叶在我的窗前，喜欢，在一抹秋阳里，透过叶的脉络，浅读心事。喜欢，在一缕秋风里，透过天的湛蓝，书写眷恋。时光不语，流年寂寂。一笔淡墨，把你的微笑嵌在记忆的素笺里。听风在云笺里涂抹着眷眷柔情，任绵绵细雨轻染菊香，漾起秋的诗意。

你说："秋天色彩斑斓，但都是温暖的色调。"秋天是浪漫的收获季节，田野是漫天的金色，沉甸甸的谷穗压弯了麦的脊梁，低首与黑色的土地欢唱。一串串豆豌，一排排白菜，一亩亩葱田，浅吟一曲绿色的希望。层林尽染的山林，黄绿相间，轻染的枫红迎着秋阳尽显秋的妩媚。北方的九月，风，高歌着拂过季节的天空，天越来越高，云越来越清，叶子在频频回首中，离开了眷恋的枝头。只有那菊艳在冷风中花开片片，沉淀在一阕阕墨花中，暗香无限。

喜欢，静坐在一抹秋阳下，任思绪飞花。与风相依，与时光浅酌，情随心动。秋风秋雨秋思远，距离成了思念最好的理由。或许，流年清浅，没人握得住天长地久。但，念在生香，墨染了这个秋天。一直感知着这份相遇的美好，静静喜欢，默默前行。暮色夕阳，流年有梦。剪一段柔软时光，暖一壶秋色，寄于你。就这样在文字里安恬，轻语素念：你若安好，便是晴天!

　　秋,在一场绵雨后变得更加明澈、清凉。这个秋,有你陪伴已是最好的时光。落墨生香,素笔淡写一笺笺的岁月静好。风起,轻倚轩窗,遥望天涯。浅淡流年,我只想,在这个秋天,暖一壶秋色,与你共清欢。

心本无尘，落雪听禅

◆文/琉璃疏影

　　行走尘世，总有太多的喧嚣让我们疲惫。指尖的光阴，在又一季的冬天里被雪染白。那些落花的叹息，那些秋叶的静美，穿过冬的寒，向时光深处追溯。记忆中，桃色的时光，缭绕着一场青梅往事。那人，那景，那笑，穿过经年草木的清香，如一片晶莹的雪花落在眉间。风雨兼程里路过的繁华，在秋归于寂静的时候，只剩下，一树清风，一窗暖阳，一份懂得，一声念安。

　　远方，远吗？随心，逐梦红尘。若懂得，不问万水千山间，是否还珍藏着一次初见的清欢。也不再问，烟雨江南中，你是否已经遇见那个走失的丁香姑娘。立于初冬的门扉，我只想问，那一年种下的红豆，是否已经结根千里，绵延到有我的地方？

　　转身，流年无恙，回眸间，已是沧海桑田。东风已无力，那一场走失的青春里，谁做了你最后的红颜，谁抚慰了你的孤单？初春，那一场纷繁的花事，是否还会珍藏着那一颗初心，痴情未改，静守契约。隔着万重山水，我的墨，是不是也曾经浸染过你所有的光阴？

庭院幽深，古梅枝头吐蕊。安于晨曦暮鼓，我妥帖了最深的那一份情，任凭所有的爱慕都成为枝头最美的妖娆。若等来一场雪，它们定会如期盛开。

别过的秋天，谁牵一匹瘦马，嗒嗒远去，任凭萱草一样的目光在忧伤里疯长。清水煮茶的日子，如水，如念，如禅，如我手中圆润的菩提。一城落寞，寡欢，不动声色。若牵着光阴的手，可以陪你一起走进一段充满阳光的光阴，我一定会陪你，安静如莲。

雁过无痕，冬霜打湿云朵。绿萝深处，谁又轻轻叩响了你的前世今生。点一炷香，诵一段经书，许一份虔诚。听弹欲断弦里，落满淡淡禅意的梵音。

一切执念，终究如一缕青烟随了暗香经年。坐于初冬的光阴，安心等一场初雪，落满我文字的城。晶莹剔透的枝头，梅蕊点点，暗香轻拂。这一场尘缘，是否如你我一样，亦会于对视的瞬间，生出缕缕芬芳呢？

终究，我的诗行里留不住季节匆忙的韵脚。那一天，墨里清寂，水袖掸下的诗词，倾尽了更迭的花事。秋风无痕，留下一地斑斓，枝头的叶子依旧黄着，绿着，如一只只彩蝶，雀跃，轻舞。风过，总有一些错过的缘呼扇着翅膀，随风，叶落成冢，更添一层凉。

叶无边，满地黄，落下的片片枫情，又有谁会轻轻拾起，一一细数。伫立回忆的长廊，轻轻回首，总有一些错落的景致扰乱了心绪，总有许多遗失的情感居无所依。那一段定格在光阴里的故事，如季节里翩落的花瓣，暗香满城。故事里的人，故事里的事，纵情轮回的风，一醉千年，一诺无期。

毕竟，曾经真的来过，只是一场旧梦凉了所有的阑珊。放眼山脉，草木已枯萎，埋藏在初冬的那一场雪里。若你不经意间路过，肯定会听见它们生长的声音。一朵雪花，栖于梅枝，长于心间。若将所有时光都镂空，会不会只剩下梅花的香气与雪花的晶莹?

　　心本无尘，落雪听禅。多想，在心中养一片雪花，不期待它有多妖娆多姿，不需要送来花香阵阵，只想让这一抹出尘的晶莹，剔透所有闲暇时生出的青苔。日子，安稳。窗外的萧瑟，因了这一片洁白而透出诗意的缠绵。眸底，小桥，雨巷，古亭，旧院，又在一袭纯白的光阴里路过春天。沏一杯新茶，红炉边端坐，我要等的那个人是否已在途中？

　　若晚来欲雪，可否放下脚步的匆匆，对饮一杯？来过，就好。有些话，你无须回答。只要读懂，便已是千般心悦。深信，如果有一天，我们错过了彼此，也会循着从前的印记，找到最初的那一抹温柔。

　　总想，可以并肩落雪的桥头，共看每一场轮回的烟火。踏着这一路洁白，可以寻到一树梅开。隔岸，谁又穿过那一片昨日的荷塘款款而来。水袖轻拂落下的诗句，醉了谁的心扉？

　　你不在的日子，光阴很薄。这个冬天，别来无恙。栖于文字的素笺小楷，嗅一抹梅香，看一片雪开，于梅香里读一段似水流年。沿途，将世间给予我的淡暖清欢，一一逐枝怒放。若你恰巧经过，是否也会捡拾一枝你最喜欢的嫣红，别在衣襟？若错过，请不要说遗憾。世间风情万种，总有一些缘，会惊艳了你的眸光，潋滟了陌上的风景。

　　才知，一路途经的芬芳，总会消融所有的冰霜。拈一朵梅香，融于心中的雪花，这个冬天，有梅香，有雪花，便是最美的风景。

　　风风雨雨中留下的印记，还在生命深处酣睡。晕开的水色，有着绵延的清绝。心底，那一枚雪花，空灵，兀自生长，丰盈着一些无法圆满的留白。终究，有些无意疏落的情谊渐渐飘零天涯，有些不说珍惜的朋友依然静默相伴。感激的暖，总会在此刻漾满心间。笔走天涯，这一份朴素的相知，便是我倾尽一生追寻的篇章。

红尘深处，那些朴素而珍重的感情，无须表白，只能用心感悟，以墨渲染。关于爱和遗忘，我倾情唱尽繁华，唱尽沧桑，用淡淡笔墨婉转成一朵晶莹的雪花。当春风浩荡，花开成片，我便将雪花葬于花下，只为了让那一片纯白绵延，涤尽世间所有尘埃。

蓦然回首，时光真的如梭啊！前尘往事如窗外的那一缕烟岚，定格成一种无法言说的眷恋与惆怅。回忆的暖里，却始终珍藏着一些无须刻意诉说的曾经。素弦轻弹，盈经年的暗香满袖，任凭所有的静好渐渐染了沧桑，心中依然有一片雪的洁白，剔透。

人生，或许就是如此吧。匆匆相聚，匆匆分离。终究，时光抵不住流年的斑驳，那些爱与哀愁，都会成为夜空里飘散的烟花，不留一丝痕迹。光阴无言，让每一颗行走的心都怀慈悲。

纵使，一路的寒冷，冰冻了所有风景，暗哑了所有呼唤。我依旧会用我傲然的孤单，在心中养一朵雪花，盈一脉雪色，剔透红尘所有纷繁。记住每一程云水里或聚或散的缘，任凭身边的风景染了一片羽化的纯白。

若，有一天。邂逅的最初，渐渐被经年的落花走成最温婉的词章。那么我便将所有的文字用梅香熏染，让雪花生出诗意的清幽。于寻常的日子，守着一城寻常的烟火，淡看潮涨潮落，月缺月盈。婉约一怀心事，没有忧伤，只用浅浅一脉温婉心音，润一枚清欢。不再为相遇而欣喜，不再为离别而黯然，不再有太多的执意。只想，微笑着，将花落无言写意成一笑静水流深的清韵，将雪落梅枝浅舞成一幅清绝出尘的水墨，轮回在每一个朴素的春夏秋冬。

落落与君好

◆ 文/风清儿

静美的秋,静美的晨,一些美好的遇见,正循着心的筋脉,一路迤逦而来,如若,我已在这里等,你又怎会不来,把这前世注定的机缘,一一认取?

——题记

晨起,有微风,轻轻柔柔,穿透镂花的纱幔,拂满一身的清凉。这可是你,凝了八千里的思与念,温情相袭。若可,以我眼角的湿润,去召唤一滴,遥远天际的相思雨,莹莹,若你,心上来。

光线,并不饱满,恍惚着,从睡梦里醒转,陪伴的,是一室的清幽和安寂,这个晨,我有我的清欢。窗幔,重重复叠叠,静静地低垂。一些红尘的消息,便也可阻在一帘之外。不去猜,此时的窗外,有风,有雨,还是已秋寒凝霜。

我只需在这一室里,柔柔地念起一个人的名,然后听他说:"这一世，我要许你爱里睡去，爱里醒来，有我的每一天，我要你快乐。"原来，秋寒，却未必薄凉，一期相逢，也可惊艳陌上花开。莫若此生，陪君醉笑三千场，从此，再无离殇。

醉梦初醒，一切恍如隔世，一切如此心旌微澜。如是我赠你一眉好水，可否还我一山烟岚，你我，便可依着这一脉山水，赴一场永不离散的邀约。

风，缄默不语。窗外的昙花，紧锁了一季的秘密，只等你来，为你绽放一夜的妖娆。请不要在凋谢后的清晨，来拜别她寂寞的容颜。一如，我在这里等，你又怎会不来？

秋日，不太明媚的阳光，我立于安静的风里，把一些至轻的念想，细捻，抻长。然后一针一线，在我飘飞的裙袂上，绣出盘枝莲的模样。只待你穿越记忆的河流，迎面一朵朵妖娆的美丽，你可还会记得，那一颗颗玲珑的花心里，不眠不休的，全是你前世许下的诺言？

老去的光阴，是自己一人孤独的行程，忧伤，或许还是有的，只是全都变成了清寂而静默的诗句，一行行，一排排，等待着命里终须会有的一场遇见。

三月的河柳刚绿，十月的枫叶又红，春秋变换得如此之快，光阴的彼岸，你是否正以落花满肩的诗意，一路迤逦而至？我的清风依旧，你的明月可否照得故人归？

秋，慢下了脚步，手握的光阴，也忽然变得从容，让我有了心力，来暖热这一程的记忆。秋至深处，天却依旧清丽、微温，如一些迟暮的相逢，盈盈一笑，无须恨晚。

午间，小寐，却又咳着从梦里惊醒。一场风寒，自入秋之前绵延至今，小恙未尽，又添新疾。不太苍老的身体，在季节的更替里，每到秋来,惆怅还依旧。镜中的女子,锁骨轻轻,盈盈一抹新愁,似是秋尽时,案几净瓶,只剩得一枝芦。

清瘦,然后与这秋一步步走向萧瑟。流年向晚,偶有风来,遍染花凉。一缕念,在不远的天际回旋,听得你说,我想你的心底,充满了忧伤。

又是一年将暮时,一时相守的暖,一程相遇的缘,都在这走旧的光阴里,给了一个了然的答案。命里的所有,从来不需求缘守分,那只是灵魂相通的路人,自然地靠近。今夜,月色尚好,而花依旧弥香,如若,我托清风送去一世的邀约,可是你,愿意与我,温一壶月色,醉了今生。

秋雨,日复夜,连绵不休,似是谁的心事,缠绵了日与夜的思念。九月,便在这一声一叹里悄然而去,来年再见,可还会绾着我赠予你的那玫相思扣,殷红如昨。迎面十月,若有桂花落枕,我们所求的,也不过是遇一个良人,守一世良夜。此生,再不许那荒凉,洒满了记忆。

夜夜宿雨,滴滴落落,却在今晨,一朝放晴。碧空,有了水洗的痕迹,清且丽。风又瑟瑟,拂面,微微冷,有念成霜,滴滴落尘。肃杀的季节,还是要拥有一份爱,来温暖心的薄凉。

倘若相逢,定是前世曾有的相欠,循着如水的月色,不经意,惊起满地飞花,以双肩缠绕的妩媚,只待你我上前相认。秋露清寒,凉透相思,光阴冷暖,四季入骨。很多爱,不能肆意,只以墨香温婉,凌风成舞。若可相见,且一笑,只以明媚,伴流年。

想来世间美好之事,或许不是风花雪月的浪漫,不是你侬我侬的缠绵。而只是在这样一脉晴川里,安静地想起一个温暖的人。这一刻,有阳光可朗照,有人儿可深念,如此,你在,我在,岁月在,便是有生的流年，最妥帖的安稳。

生活，原本就不是一出言情剧，那些杯盏与笔端滋养的光阴，总是比不过鬓边渐生的华发来得触目惊心。流年里，尚来不及把三月婆娑的翠柳吟哦成歌，而日子，已然以风尘磨砺了纤细的指尖。或许梦里，还遗落了一缕宋朝的烟雨，温柔着不变的初心，而尘世间的行走，却犹如刀光剑影的江湖，步步惊颤。

幸好，我还有你，这烟火里最后一抹的浪漫。我一直知道，不论我漂泊在多么远的远方，一定有你在默默等待；不论我在何时困倦后偶一回眸，一定还有你，在原地痴痴地守。相知于你我，那个字我们绝口不提，只因前世今生里，我们早已心照不宣。

素默，不言，只以心的无间，缱绻爱的想念。纵使看遍江山如画万千，又怎抵你眸里清欢一点？无须誓言，不诺永远，那梨窝微漾笑清浅，便是有你有我的一世长安。

林下相逢，因果来不得半点牵强。亦如，漫天桂花如雪，总有一片，或者几片馨香，落入我们的掌心。清秋，心亦清和，素净的女子，且耽溺一段慢时光，煨一味想念，慢慢地把你忆起。

秋来，素影瘦。阳光，却更加的纯粹而清丽，一如某些念，摒弃了所有的犹豫和暧昧，只明朗朗地走近某一人，于一个叫作心城的地方，魂归旧址。从此，你是我的日日夜夜，我是你的岁岁年年。

在薄凉的世界里深情地活着吧，只因，有一种爱，被供养成一份信仰。在流年之间，在迟暮之时，在半梦半醒之后，我还可以微笑着，以衣襟带花的美，于恋恋风尘里，落落与君好。

你若来了，便觉禅意

◆文/云随风

下雪了，在这秋末冬初。连日的细雨绵绵，温度急剧下降，傍晚时分，天空飘起了雪花，掀起一天的恻恻轻寒，晶莹的，清冷的，仿佛带着禅意。

今年的初雪来得似乎比往年要早，端坐于树的叶片上，以菩提的姿态，讲述着缥缈与虚无。这情，这景，如果站在山顶看初雪落下，或者应景弹琴，或者作画，或者……我没有，我只是伫立于窗前，任景色盈满双眼。隔窗的荡漾，纷扰的是那样清静、自然，我微微眯了眯眼睛，霎时的幽冷似乎侵袭着水眸。

"绿水本无忧，因风皱面；青山原不老，因雪白头。"是的，雪是圣洁的，是无瑕的，听雪也是一种意境。听见路上"咯吱咯吱"的响声，听见独雀寒树，啁啾跃动，此时的山村寂得只有我的喘息声。漫天冷凛，漫天琼瑶，雪花，似寻梦的蝶，袅袅绕绕，与我眸中的笑深情对舞。

美得根本无法拒绝。不由得迈动脚步，来到户外，仰起脸，便有一片、两片，无数片的雪花袅娜到发上、睫上，甚至于唇上，仿佛少女的吻，让人羞涩，冰凉的感觉而不失温润。然后，心，就在这一刻，生出几分怜爱，有一种淡淡的雅致，几乎是脱口对雪而吟。

我无须遁入空门，但这份清静，这份素雅，来得平心静气。大雪使山村人迹寥落，倒让我心生一种谦卑和敬畏，每走一步，都轻手轻脚，唯恐玷污了这份纯净。而轻盈的雪花，在我心中变得有了分量，让我无杂念，静心目睹它的芳颜，删除杂乱无章的东西。

看雪花飘落，无声地降落大地。世间万象，皆由心生。雪是冬的信使，偏偏你飘飞在秋末，这样早早地来到，如若寒冬无雪，总会让人心生遗憾，其实那是一种心情的遗憾。秋天降雪，让人意想不到，这是一种禅意的提醒，别，别忘了冬天的美丽。

冬天，怀念的是雪，更怀念的是像雪花一样轻盈的心情。缺少了那种向往，总觉得只剩下寒冷和单调。

站在秋的尽头，与雪相融，就想到了那首诗："人生到处知何似，应似飞鸿踏雪泥。泥上偶然留指爪，鸿飞那复计东西。"在一代诗人苏轼看来，人生也充满无常，不可预知，就像一飞而过的鸿雁，偶尔落脚在雪地上，留下清晰的爪印，而待到积雪消融，雁过留痕，也消失得无影无踪。

知道了人生的无常，就不必将人生的精力，耗费在那些虚名浮利上，而应该放眼于有益的事情上；知道了人生的无常，也就不必心为物役，何必行色匆匆，将人生的发条绷得紧紧的，应该顺其自然，保有一颗从容淡定的心态，充满积极乐观的态度。

初雪也是一次很苦的旅行，如你用禅意的眼光赏雪，看雪花飘落，零落成泥。不由人感慨，经云："众生无我，苦乐随缘，宿因所构，缘尽还无，何喜之有？得失随缘。一切悲喜都有心生。当你心中有恨，你眼中必定是一个翻腾颠倒的世界。"所以，佛说：看破，放下，自在。

既然人生如梦，那么梦中何必争你我。放下杂念，就会见到一个空明澄澈的世界。"菩提本无树，明镜亦无台。本来无一物，何处染尘埃？"简单地活在当下，无意中就会品尝到片刻的欢乐和自在。紧握拳头，你的手里是空空如也；伸开手掌，你会拥有全世界。

飘雪，让人悟到：世间万物大约都是这样从无到有，从有到无吧！我想忘记。但忘记不等于从未存在，一切自在来源于选择，而不是刻意。所以，不如放手，放下得越多，越觉得拥有得更多。

只要我们能抛开俗念琐事，便会领悟到四季不同的美。春有百花秋有月，夏有凉风冬有雪，若无闲事挂心头，便是人生心头悦。

让初雪在每一个人心中都有一份禅意，有时它隐藏在我们心灵的某个角落，容易被世俗纷扰的尘埃掩埋。只要当你摒弃一切繁杂的念头时，总有一朵白云从阴云密布的天空悠然地钻出来，如清澈的流水经过心灵的窗口。而那时，你已经不再被欲念牵绊，成就了自由的心魄。即使你走在熙熙攘攘的街头，心灵的原野，照样一片空旷、包容、安静。

没有杂色的白是最为清高的，因为他同时象征了最为丰富的色彩。

不过，我习惯了大山里的雪，是一种心情。飘落敲窗，就直接敲到思绪里去了。仙风道骨，又像敲打在内心深处。"小扣柴扉久不开",不,这次叩开了,叩开了我的心扉,扑簌簌地飘到了我的心窗。初雪,你不是带着寂寞来的吧?雪不是雪花,是雪粒,夹杂着雨水,开始下稀疏的,不经看,也没看头,那么小那么碎,但是,在我眼里,小雪的亲临,是一种意境,让我淡然了的心,开始喜悦起来。雪,毫无烟尘之气,是纯洁的,在天地的寂然无声里,从山村路过。它到哪儿去?它是否也带着惆怅和忧伤?都没有,它是隐士,内心安静,要去一个我不知道的境界。这次,只是路过我的窗,看看我。

一会儿,不是碎的小粒的,而是带瓣的,莫非这是天上的桂花树上的落花,落着落着,让人怜惜,满山的坠落,每落一瓣,我心里倏然一疼。没有颜色的花瓣,是一种惊艳,是触目惊心的美。这种美让人生怜黛玉,想起一个郁馥伤感的女子。

窗外的山,一会儿模糊起来,是我似曾相识的水墨花屏。有些孤色,有些单调,有些冷寂,但总让我无法拒绝。不惊不扰,只是独自苍茫,独自朦胧,独自寂静,仿佛沉寂了世间所有的声音。这样的意境,总像往事里的诉说,娓娓道来,你,没有别的,只有,聆听。之后,感受到的,是一种宿命的东西,让你看透命运的千回百转,磨砺后的清心。

忽然觉得,在这样大雪飘飞的境界里,自己也属于自然,让一种无法抵抗的缠绵悱恻,像枝枝蔓蔓的缠绕,裹住我的海角天涯,没有了疲惫的味道。此时,让我想起一个人来,那就是下雪了,每次还堆雪人的老李叔。

我用我心情的脚印，踩在白白的雪地上，来到李叔的门前。这时老人迷惘的眼神，无目标地眺望着苍茫的山野，而那双枯枝般的手，却下意识地向前伸着，接住那些从天上飘飘悠悠落下来的雪花。他像是对我，又像是自言自语地小声说："三周年啦，走到哪儿啦？"老伴去世后，老人一直不愿离开老屋，谢绝了儿孙的多次邀请，一个人守在这大山深处的农舍里，守着几十年积累的初雪情结。自老伴走后，每年的第一场雪到来，他都给老杏树挂上红布，堆起一个雪人。老人指着树杈上那块最大的红布说："那是当年老伴过门时蒙头的，唉，我留着，等下辈子再给她蒙吧。"

零零星星的雪花还在飘着，时急时缓，我和老李叔站在雪地里，有一种不能名状的恻隐之心。我在老人简单而深邃、幸福而又凄美的故事里不能自拔。是的，老人把这初雪当成自己一生的纪念日。在今后孤独的日子里，唯有这从高远的天国飞来的雪花，才能够带给他心灵的慰藉，唯有那飘舞的红盖头才能够寄托他对亲人的哀思。当年的雪人是老伴对他的期盼，如今的雪人是他对远去的老伴的思念。

我面对此情此景，能说什么？还能说什么？恰巧，在飘扬的雪花里，夹杂着丝丝缕缕的炊烟，这种不期而遇的环绕，烟在雪的缝隙中旋转、飘扬，但雪毫不吝啬，仿佛间它们已经交融到一起了，是那么和谐、亲密、友好。

在远处，更是一片朦胧，一片安静，偶尔有风，发出细微的、轻妙的沙沙声，来陪衬这寂静的山村。

老人在端详他堆的雪人，时不时修修不顺眼的地方，那种痴情，那种专注，总让我汗颜，我不能打扰他了，只好默默地离开，走进我的雪的世界里。

树丫上堆砌的雪在跌落，我的心还没有拾起……

爱,秘不可宣

◆文/明月如霜

人生是一个多元的方程,不仅要欣喜于一份份相聚时甜蜜的幸福,还要学会坦然面对一次次别离时的痛苦。有时候,爱如同绚丽的烟花,可以昭然于世,点燃星空。有时候,爱却如同心口一抹嫣红的朱砂,秘不可宣。

若,喜欢一个人,那么就去读她的文字。若,欣赏一个人,那么也去读她的文字。

张爱玲的作品,一直是我爱读的。

有人说,读张爱玲,就应该从她的自传体小说《小团圆》开始,而我却不以为然。在读过张爱玲的《倾城之恋》《半生缘》《红玫瑰与白玫瑰》及《金锁记》之后,我才来读张爱玲最神秘的小说遗稿,浓缩她毕生心血的巅峰杰作《小团圆》。这是一部记录了张爱玲的人生经历和她与胡兰成感情写真的"自传",寄予了她期待与胡兰成的团圆之念。生前,她矛盾、忐忑,一次次在销毁与发表此书稿之间纠结。

为了爱,才情横溢的爱玲把自己低到尘埃,并且开出花来。胡兰成一次次的背叛让爱玲一次次失望，一次次心痛。失望，有时候也是一种幸福，因为有所期待所以才会失望。因为有爱，才会有期待，所以纵使失望，也是一种幸福，虽然这种幸福有点痛。

在一次次的背叛面前，爱玲选择了离开。在经历了爱的剥离后，爱玲说，这世上没有一样感情不是千疮百孔的。

然，胡终究是她一生最爱的男人，无论他有多么不堪。因为顾忌胡在台湾的处境，在张爱玲去世之后，这部书稿才得以问世。从1976年的完稿到2009年的出版，《小团圆》的发表整整晚了三十多年。

有时候，爱，真的秘不可宣。

喜欢爱玲的文字，但一直不赞成她的爱情。胡是她的全部，而她只是胡的曾经。胡是绚烂的夜空，而爱玲只是夜空中的一朵烟花。

读着爱玲的命运，不得不让我想起林徽因。同为民国四大才女的林徽因的人生却很灿烂，她不同于爱玲的以文字立身，她秀外慧中、多才多艺。她曾旅英留美，深得东西方艺术之真谛，英文水平极佳。她兼具中西之美，既秉有大家闺秀的风度，又具备中国传统女性所缺乏的独立精神和现代气质。

她的一生有浪漫多情的徐志摩对她的痴狂，有她的事业伴侣梁思成一生的疼惜和相伴，有金岳霖对她一生的默默追随。

金岳霖为林徽因终身未娶，他一辈子都站在离林徽因不远的地方，默默关注她的尘世沧桑，苦苦相随她的生命悲喜。他从来没对她说过要爱她一辈子，也没说过要等她。他只是沉默地、无言地做这一切。爱她却不舍得让她痛苦选择，因此只得这样沉默。因为，爱，有时候真的秘不可宣。

两个民国才女的爱情，让我想起了那部风靡世界的电影《廊桥遗梦》。

那是1965年的一天，农夫理查德带着一对儿女卡洛琳和迈克去了集市参加农业博览会，妻子弗朗西斯卡独自留在家中，她有了4天完全属于自己的时光。

罗伯特·金凯是《国家地理》杂志的摄影师，他终日驾着一辆旧车浪迹天涯，他来到了弗朗西斯卡所住的乡村要拍摄爱荷华州麦迪逊郡的遮篷桥即廊桥，他请弗朗西斯卡带路，于是，他们相识了。在闲聊中，两人互相讲起了自己的婚姻和家庭：罗伯特与前妻离异，而弗朗西斯卡伴着丈夫和一儿一女过着单调而清寂的乡村生活，缺乏激情，整日浑浑噩噩……

两颗寂寞的心仿佛找到了依靠，他们在弗朗西斯卡的家中共进晚餐，在轻柔的音乐舞曲中，他们情不自禁地相拥共舞……在这短暂的4天中，他们有了一段刻骨铭心的爱情。

罗伯特要再次出发了，他要弗朗西斯卡和他一起走，然而弗朗西斯卡却不愿因为自己而使整个家庭陷入不完整的境地，同时她也不愿放弃对家庭的责任，两人只好痛苦地分手了。

罗伯特走后，弗朗西斯卡把这段爱情深深地埋在心底，从未对任何人说过。1989年，弗朗西斯卡过世后，在收拾母亲的遗物时，她的一双儿女才发现了母亲给他们留下的一封长信，才发现深埋在她心底的那段秘不可宣的爱情，这一发现震惊了姐弟，也引起世人的争议。

生命是一场邂逅，我们会在不期然的拐角，遇见一场宿命的前缘。红尘的渡口，欣喜着一份触动灵魂的遇见。七月兰浆，八月诗禅。满架的蔷薇明媚地只开满两个人的庭院。

浅秋的光阴被花的馨香溢满生命的每一个平仄。八月的晴空,夏花依然灿烂,一切都在岁月的温婉中走向宿命的圆满。我用一支素笔蘸染满池的碧波,在人生的素笺上描摹一场醉心的花事。待春风吹起,樱花漫路时,与你一起看云霞满天。

在对的时间,遇见对的人,是人生的一种圆满。在错的时间遇见对的人,却是人生的一种遗憾。

八月未央,时光依然在秋与夏的交接中,不急不缓。生命的赞歌,在一个人的森林里独自婉转。那一片紫色的馨香,在身后的天空兀自灿烂。如若相遇是命中的宿缘,不用时光逆转,我依然着一袭红衣,在生命的拐角与你倾城遇见。

隔着一层山水,循着千年的风沙,我在一阕清词里与你相遇。江边的渔火,依然在眼前闪烁,耳畔的那些誓言已成昨日之歌。轻捻二两入骨的诗句,折一枝桃花,酿成盏盏琼浆,在相遇的渡口,邀你共饮。让思念穿越堤岸,抵达最初的遇见。留一份美好于岁月深处的帷幔。隔着千年的时光,纵使难忘,你已是我回不去的原乡。

当爱不能圆满,就留一份责任在心中,留一份距离给彼此。默默相守,淡淡相依。"曾虑多情损梵行,入山又恐别倾城。世间安得双全法,不负如来不负卿。"

情花有毒,它既会让人中毒,亦可为人解毒。当身陷荆棘时,就持一颗禅心清澈,留一盏茶的距离。把一份爱锁在心底,秘不可宣。

一杯茶

◆ 文/董斌

1. 一杯茶

坐在藤椅上，阳光洒落一地朝晖，有一丝和风如水般拂过，几许蝉声过后，一只雀鸟蹦上窗栏，时而好奇地向屋里探望，时而调皮地啁啾吟唱；袅娜的藤萝载着许多晶亮的露珠，一展腰姿、舒缓地掠过眼前，清晨，刹那间灵动起来。

茶香若有若无地飘来，茉莉花一经水的滋润，立刻饱满晶莹起来，轻灵剔透，像是精工雕琢的白玉。花香袅袅如雾般升腾，令人仿佛置身于悠悠南方：青山绿水环抱着满树茶香，一曲茶歌染绿锦绣江南；妩媚茶女身背茶篓穿梭于茶树丛中，玉指皓腕，茶尖舞蹈。

"水是眼波横，山是眉峰聚，欲问行人去那边，眉眼盈盈处。"不由不想起这首词，不由不想江南："日出江花红胜火，春来江水绿如蓝"，西子苏堤、亭台楼阁，小桥伴荷花流水，古道随芳草天涯。江山如画，多少豪杰辈出的江南。你让我每每念起，竟总是如梦如痴到魂牵梦绕，感慨万千至高山仰止……

2. 一首歌

《素敌》的曲调，静美地叙述着"日游"《最终幻想》中的故事，如小溪潺潺，似甜美的沉吟：

素敵だね

二人手をとり歩けたなら

行きたいよ

キミの街家腕の中

その顔

そっと触れて

夢見る

朝に溶ける

太美了

放我的手在你的手中

欢快地走在铺满红叶的小道

只是轻抚你的面容

整天都醉了

恍若梦中

静静地听着，属于青春的记忆便蓦然而生。那些传过的纸条如今已渺无踪影，纸条那边的人更是音讯难寻；城市的某处断壁残垣上"爱你爱你爱你"的粉笔字已模糊成几笔线条，那里有失落的歌手为爱情唱悲伤的歌；那辆搭过她的单车已锈迹斑斑，很多年它一直默默无语，把它处理给小贩那天，它发出沉重的叹息，令我不忍割舍，泪流满面；远处，铲车开来，推倒了花红柳绿、矮矮的疏墙，那些属于青春的欢声笑语，属于昨日的似锦年华都已灰飞烟灭。消失的楼宇可以推倒重来，多么希望那些羞涩的、纯纯的、动人的、甜美的爱，可以永享，永世不忘！

然而，无可奈何，最终也要成为过往烟云，落花流水里春去春回，摘一束最适合自己的玫瑰；"花开堪折直须折，莫待无花空折枝"也好，莫让年华付水流也罢，爱，就好好爱吧，把握现在！

3. 一首诗

初识叶芝，正风华年少。那日买来的《当代外国爱情诗选》的第一篇便是叶芝脍炙人口的《当你老了》。

> 多少人爱你青春妩媚的身影，
> 多少人只执著于你的美丽，
> 唯有我爱你圣洁的灵魂，
> 爱你无论你已满鬓风霜。

这样的句子横亘在你面前的时候，你完全被那种大胆、直白的句子所感动，你会一下子感到世界上所有对爱的解释都那么苍白无力，而只有这些浓缩着诗人一生对爱的追求的话语才是爱的唯一真理,它浑然天成,又饱经考验。

我的眼神被吸引到1890年的都柏林,那里,35岁的诗人叶芝正穷极一生精力大胆地追求女演员、爱尔兰独立运动的女活动家毛特。我没找到毛特的照片,但是从叶芝的诗里、文字记录里,我们可以发现这位演员兼革命者相当漂亮而使叶芝朝思暮想,辗转不能成寐。某夜,饱受相思之苦的诗人、经受爱情煎熬的叶芝,被毛特"若即若离"的态度激发出无限能量和创作欲望的爱尔兰男性公民写下了他一生中最重要的、流传千古的"爱情自白书"——《当你老了》,并迅速走红莱茵河畔,大踏步地攀登到了世界诗歌文学的顶峰。

当你老了,青丝成灰,昏倦欲睡,
在炉旁打着盹,且取下这卷诗文,
慢慢回味,那曾经欢快的锦绣年华
和柔情似水眸子。

也许毛特只是把与叶芝的情感看作友谊,也许是天意弄人,也许这首感天动地的诗歌也感动了上帝,连老天都想考验叶芝对爱情的执着,偏偏有意为难,大红大紫的叶芝最终也没能与毛特结合在一起,徒呼奈何。爱情有时就是这样,既像感情双方精神到物质的一场角力,又像是相逢对面人不识的过客,还像是两条没有交集的直线,渐行渐远。

无奈的叶芝眼看"蜡炬成灰",也不能擦干泪水;"春蚕到死"也无法赢得爱情，只能感慨造化弄人，天不遂意，过往欢欣化作一杯愁绪：难难难！他擦干眼泪，下定决心：在天愿作比翼鸟，在地愿为连理枝！

不过，叶芝应该欣慰的是，这首爱情诗歌真的作为爱情的风向标、作为爱的真谛不断被时代演绎成不同版本的爱情故事，滋养着无数爱情中人。

水木年华唱着："多少人曾爱慕你年轻时的容颜，可是谁能承受岁月无情的变迁，多少人曾在你生命中来了又还，可知一生有你我都陪在你身边。"赵咏华唱着："我能想到最浪漫的事，就是和你一起慢慢变老，一路上收藏点点滴滴的欢笑，留到以后坐着摇椅慢慢聊……"给更多的迷茫中人诠释，也把自己"捧红"。

爱情的路很长很长，爱情很甜很苦，爱情甜酸苦辣都有，抛开此情可待，不要羞涩，不要沉吟。想吃爱情鸭梨，趁青春正好，花团锦簇，红男绿女，快快动手！

叶芝在阿尔卑斯山上高唱着中国古诗："问世间，情为何物，直教人生死相许！山无棱，江水为竭，天地合，乃敢与君绝。"走了，无数对亲密爱人来了。

秋天的童话

◆文/李评

　　夕阳就要消散在天边,起风了,秋叶打着旋相互追逐着,随着晚风的脚步,奔向远方。远方只是一个含蓄的词汇,如同那夕阳将落的地平线。我捋了捋被风吹乱的长发,抱紧身子,起身往回走,如同抱紧那个遥远得不能再遥远而依旧温暖的诺言。这么多年,那个诺言带着我的感动和怀念,展翅飞向那在现实中无法实现的辽阔,许多年之后,依旧能抵达心底的宁静与温暖。

　　很多故事,就是这样,当时看似云淡风轻,简单、偶然,一不小心却成了一个奇迹。认识一诺纯属偶然,偶然得如同突然而过的一缕秋风。

　　高三文科班的教室,拥挤得如同一件跟不上成长节拍的上衣,那绷紧的纽扣勒紧了呼吸,不打开窗仿佛会窒息。文科班本来就是从各个理科班中途转过来,聚集在一起的,彼此相互认识的很少,加上各自忙着做面前堆积如山的试卷,近百人的班级,耳熟的名字没有几个。而坐在第一位的我,每天低着眉眼进教室,害怕眼睛触碰到后面那黑压压的人潮,拥挤得如同影院出场,看着就让人压抑。

一个极其平常的上午，大家都出去做课间操了，窗外，拂来一阵阵葱兰的清香，烦躁的心也跟着空阔起来，如同这空荡荡的教室。起风了，一阵窸窸窣窣的声响，一页稿纸飘飘悠悠落在我的头顶，又顺着我的长发滑下，落在我的面前：

《秋风吹不到的地方》

枫叶羞红脸庞

蝉儿还没来得及

酝酿忧伤

穿上你草绿的裙吧

牵我的手

去那个秋风吹不到的地方

秋风吹不到的山岗

新开的雏菊一片金黄

蝶儿

扯着绿的粉的风

亲吻着露珠

抛下云雾的纱帐

没有一点声响

我轻轻地诵读，不觉音乐已停，手中稿纸被猛然一扯，裂成两半，我愕然站起，却触到一张愤怒到扭曲的脸："这么好奇？要不要我告诉你这是写给谁的？"他从我僵住的手中抢过另外半张诗稿，愤愤而去。

都是这恼人的秋风，这下完了，我跳进黄河也洗不清了。

深深的愧疚，总让我不时往身后瞟上几眼，渐渐知道一诺是一名"高四"生，也将"高四"生那种寄人篱下的际遇看在眼里。愧疚之余，凭空多了几许怜惜。每每周考、月考，"后妈"永远不会给这些非亲生的孩子准备试卷，每次考试，总会看到他空空的座位。

于是，我所有订正改过的试卷，都被我小心地重新制作，剪裁好白纸，将写过的字迹轻轻盖住。而每次设计与他偶遇，是再简单不过的事。

连续透支的睡眠，以及对前途命运的迷茫与担忧，让我的心理和身体同时敲起了警钟。我常常因上课打瞌睡被老师罚站。而我急剧下滑的成绩，那些少得可怜的分数，尽管被我用心覆盖，那凄惨的真面目，我精心粘贴的白纸，还是被他小心地撕开，暴露无遗。而就在那个被老师严厉批评的周末黄昏，他第一次带我走入了他的蝴蝶谷，那个秋风吹不到的地方。

县郊的小山其貌不扬，他拉着我七拐八拐，很快便进入一个不大的峡谷。我喘了口气，环顾四周，不由目瞪口呆。时已深秋，山脚的落叶翻飞，女贞子已悬挂起深紫色的闪光洪流。而这里，映入眼帘的还是满目的苍翠，一条银白的溪流，缓缓而下，两旁潮湿的山坡，开满了金黄的雏菊，各色的蝶忙碌着，轻盈而优雅，那片花海上面像笼罩着一层薄纱，彩蝶纷纷落在我的肩上，落在我的发上，落在我伸出的指尖上，我屏住呼吸，不忍扰了它们短暂的歇息。

而一诺正低眉舞着一套拳，我坐在一旁看他缓慢的招式，像太极，也像舞蹈。舞毕，他抱拳长长出了口气，对我说："越是压力大，处境艰难,越是不能垮下去,要想法让自己放松,从容面对……"

似乎心底所有的纷乱已被这份宁静融化,那一夜,连续失眠的我,睡得很香。

而高考倒计时的指针一再加速,让我们的脚步离这个美丽而神奇的蝴蝶谷,越来越远……

而就在那个寒假,一诺却将蝴蝶谷绣在画布上,送给了我,说是对我粘贴试卷的答谢。

那天,他轻轻拂去体育场看台座位上的积雪,摊开了那幅画。方方正正的粗麻袋片,稀疏绣了几朵金黄的雏菊,很艳丽,也很跳跃。底边,几丛青草蓬勃着。舒朗的构图,简单的色彩,顿时让我心生欢喜。谁知一诺变魔术一般,几只硕大的绿色蝴蝶眨眼间停驻在金黄的雏菊上,翩翩欲飞。我小心地捏住一只,却触到坚硬的塑料。一诺"嘿嘿"地笑起来:"放心吧,画布背面订的有铁块,蝴蝶的腹部装有大块磁石,结实着呢,掉不了的!秋风也吹不到它们,永远不会离你而去……"

马德说:"最好的诺言,是依约盛装莅临。而最迷人的诺言,是不管有没有结果,却能让一个人一辈子满心欢喜地等在路上。"而我想说,最好的诺言,不是让人满心欢喜地"等"在路上,而应该是一种指引,让你满心欢喜地"走"在路上。

一直以为故事总要有个结局才算完整,而我与一诺的故事,由一阵风开始,而结局似乎还残缺着。我们平时很少联系,偶有相聚,似乎我们彼此还是原来的样子,还是我们彼此心中希望的样子。我知道,我们的结局还在行走的路上,因为我们的人生都有个回廊,那是一片秋风吹不到的地方，是我们融化纷乱和惊扰的驿站，是我们灵魂休憩的天堂。

　　这么多年来，那些蝴蝶，一直住在我的心里，在秋的世界里舞动。我期许奇迹，为我续写着童话；我祈祷宁静，抛却纷扰。风雨人生，世事纷乱，而那个秋风吹不到的地方，辽远而又亲近，温暖着我一颗欢喜的心。

一亭湖月冷梅花

◆文/林天洪

若人生只如初见，多好。你依然是才气冠绝的名士，我依然是你倾目中为你盈盈起舞的歌姬。

——题记

天下西湖三十六，以杭州、颍州和惠州西湖为最。

杭州西湖之名始于白居易，颍州西湖之名始于欧阳修，惠州西湖之名始于苏轼，然三湖皆因苏轼曾被贬到当地，兴水利、修长堤，留下诸多诗文、逸事后才真正闻名于世。

清代诗人、惠州知府吴骞曾写诗形容杭州西湖与惠州西湖的不同："西湖西子比相当，浓抹杭州惠淡妆。惠是苎萝村里质，杭教歌舞媚君王。"言杭州西湖大气华美，惠州西湖丽质天成，一雍容，一素雅，各擅胜场，难分轩轾。

到了惠州西湖，你不但会在湖山中流连忘返，更会被无处不在的东坡遗迹所吸引，被苏轼与朝云的故事所深深触动。

从书写着"惠州西湖"四个烫金大字横额的朱红牌坊走进去，就到了杨柳依依、绿榕婆娑的苏堤。

长堤数里，如玉带迤逦。人在堤上，望秋水长天间水波轻漾、鸥鹭群飞，不由心旷神怡，遐思联翩。西湖四周洲渚浮碧、烟树参差，时有花艇于弋游间划开一线悠长的水痕，驶向慵懒横卧着的含黛远山。

走过晶莹圆润的汉白玉石碑苏堤玩月，踏上最早由苏轼捐资修建的西新桥，整个西湖最显眼的泗洲塔就完全呈现在了面前。

过了泗洲塔，便来到孤山的东坡园。

拾级而上，一座高大的东坡石像矗立在了眼前。

石像高冠长髯，微锁的双眉下一双深邃的眼睛透露着沧桑，又隐隐带着阅尽人世后的豁达从容，以坦荡的胸怀面对着湖山胜景。

穿过修竹廊，两侧竹丛在风中摇曳，让人不由想附会一下苏轼"宁可食无肉，不可居无竹"的风雅与脱俗。

参观过东坡纪念馆，沿小径信步而走，忽然一座红色亭子突兀地出现在路边，亭后一座青砖墓，朴素无华，上书"苏文忠公侍妾王氏朝云之墓"。

朝云，这个东坡的千古知音，这个歌舞琵琶皆绝的奇女子，原来就魂归于此，埋骨于斯。

刚才还陶醉在苏轼"大江东去"豪情中的我，心中突然一下子充满了温柔的痛楚。

湖山何幸收艳骨，风月千古惹人殇。

杭州西湖埋葬着众多的名士忠臣与红粉佳人，而惠州西湖的无边风月，则独独为朝云一人所占。这到底是惠州之幸还是朝云之幸？

苏轼与朝云的故事，从杭州西湖开始，在惠州西湖终止。

公元1071年，苏轼因反对王安石变法，从京师被贬官到杭州。1073年的一天，苏轼与当地官员、朋友同游，在西湖孤山附近饮宴时，一歌舞班前来助兴，其中一女子年未及豆蔻，却以妙曼的舞姿，婉转的歌声艳盖群芳。

歌舞毕，众女入座侍酒，这女子又刚好来到了苏轼身边。刚才还化着妆的她此刻卸尽妆容后低首敛眉，一身素裙，淡雅若旷谷幽兰，清丽如雪中寒梅，绝俗无尘，楚楚动人。苏轼原本因世事变迁而黯淡的内心一下子充满了清新的气息。

此时，本是艳阳高照，波光粼粼的西湖突然风云变幻，细雨来袭，山色空濛中，构成了与艳阳下完全不同的一幅美景。

美景佳人，在面前相映成趣，苏轼灵感大发，即兴挥笔，写下了"水光潋滟晴方好，山色空濛雨亦奇；欲把西湖比西子，浓妆淡抹总相宜"这首脍炙人口的佳作，人们只道苏轼写的是西湖，却不知他更是在写面前这位色艺双绝、浓妆淡抹俱美若西子的女子。

苏轼与妻子王闰之将这女子从歌舞班带回了家，收作侍女。这女子一早仰慕苏学士大名，自是十分欢喜。苏轼年少时出蜀，舟经三峡，见云雾中的神女峰在朝云暮雨中美得无与伦比，而此女恰如巫山的神女般美丽，因姓王，于是为之取名为王朝云。

朝云自小沦落歌舞班，虽练得一身好舞艺，弹得一手好琵琶，却并不识字。于是苏轼闲暇之余便教她写字、作诗，朝云年纪虽小，却聪慧灵秀，一学便会，深得苏轼喜爱。

当时朝廷中一些小人，借变法之机铲除异己，而以诗文书画冠绝当代的苏轼这时已名满天下，影响力十分巨大，打倒了他就可以给所有反对派致命一击，于是罗织罪名，制造了莫须有的"乌台诗案"，将苏轼关入大牢后又远贬黄州。在黄州，身为罪臣的苏轼亲自躬耕于一块叫东坡的荒地，不以为苦，反以为乐，给自己取了个"东坡居士"的名号。

到黄州这一年朝云18岁，她洗尽铅华、布衣荆钗，前后打理家务，服侍左右，无微不至，让苏轼倍觉温暖舒心，于是纳朝云为妾。3年后，朝云为苏轼生下一子，其时苏轼已47岁，年近半百得子，十分高兴。感于半生来在官场受尽排挤打压，于是为孩子取名为"遁"，隐托自己"小舟从此逝，江海寄余生"的出世之念。

遁儿满月之时，苏轼想起自己一生聪明反被聪明误，感慨良多而自嘲一诗："人皆养子望聪明，我被聪明误一生；唯愿孩儿愚且鲁，无灾无难到公卿。"没多久，苏轼接到调任诏命，赶紧携家启程，不想路途遥远，行至南京长江边，年仅10个月的遁儿中暑不治，夭亡在朝云的怀抱里。苏轼悲痛至极，写下诗句："归来怀抱空，老泪如泻水。"苏轼已经如此悲伤，朝云更是痛不欲生，"我泪犹可拭，日远当日忘。母哭不可闻，欲与汝俱亡。"小儿的早逝，让苏轼心中充满了对朝云的愧疚。

不久宋神宗驾崩，高太后垂帘，新党失势，苏轼重回京师并得以重用。一日下朝后，苏轼在庭院中抚着日渐隆起的肚子问周围的人："我肚子里装的是什么？"一个侍女抢着说："先生肚子里装的是一肚子锦绣文章。"苏轼微笑不语，另一个侍女则说："先生肚子里是满腹经纶。"苏轼依然笑而不语。最后朝云说:"您这一肚子都是不合时宜。"苏轼哈哈大笑说:"知我者,莫若朝云。"从此,将朝云视为红颜知己,倍加怜爱。

"不合时宜",正是苏轼人生最大的特点。

正是这样的一肚子"不合时宜",生性率真的他一回朝就好像完全忘记了之前因多言引发的冤狱和流放,依然大胆谏言,明知道会惹火烧身也全然不顾。

豁达、宽容的苏轼对人又全无防范之心,历经磨难依旧纯如赤子,这更让那些忌妒他的人容易下手,这是苏轼一生悲剧的因由,可这样的苏轼,才是真正的苏轼,终其一生也没有改变过真性情,坚守着他的"不合时宜"。

在尔虞我诈的官场保留着真,在个人感情上,苏轼更是真。

苏轼一生先后有过两个妻子、一个侍妾,都姓王。

结发妻子王弗,知书达理,看人通透。一日,一个叫章惇的官员来苏府拜会,走后王弗跟苏轼说此人不可交,绝非善类。苏轼是个大好人,在他眼里别人也都是好人,对所有人都礼遇有加,对妻子的话并不以为意。多年后做了宰相的章惇对苏轼赶尽杀绝,欲置之于死地,苏轼这才知道妻子的眼光多么准。可惜两人情深缘浅,王弗年仅26岁就去世了,苏轼把她葬在了母亲墓旁,后来为她作的一首悼亡词《江城子·十年生死两茫茫》更是催人泪下。

3年后,苏轼娶了王弗的堂妹王闰之续弦。王闰之温柔贤惠,持家有道,对王弗所生的孩子如同己出,历经苏轼人生的大起大落而无怨无悔。两人相伴26年后王闰之也去世了。苏轼伤心欲绝,在祭文中写出了"泪尽目干""惟有同穴"的哀鸣。苏轼死后,由弟苏辙将其与王闰之合葬,完成了他的遗愿。

王闰之去世后，苏轼也渐感朝廷凶险，自请外派。可当时大权在握的章惇依旧连下五道诏令，将苏轼一路贬到了当时穷荒之地的广东惠州。

苏轼这样率真的人，即使朋友满天下，也终逃不过奸人所害。

前往惠州时，苏轼已年近花甲，料此行只怕有去无回，不愿连累众人，尽遣家丁侍妾散去。独朝云死活不愿离开，让苏轼十分感动，安顿好家人后，只带了朝云与小儿子苏过，踏上前往南蛮之地惠州的艰险之路。让苏轼料不到的是朝廷里有人要整死他，而在偏远的岭南却有那么多人爱戴他。苏轼刚到惠州，惠州太守已在码头恭迎，城中百姓也纷纷自发而来夹道守望。这让苏轼大为感动，虽其时已被贬为没有签署权和俸禄的戴罪芝麻绿豆官，形同流放，但他仍用自身的巨大影响力和与广东南路提典刑律程正辅的表亲关系为惠州办了许多实事，写下许多关于惠州的诗文，惠州也从此名扬四海。

后人有诗云："一自坡公谪南海，天下不敢小惠州。"流放岭南，是苏轼的大不幸，可却是惠州的大幸。

夏天来了，苏轼与朝云一起到东江畔已故太守陈尧佐手植的荔枝树下，品尝这莹白清甜的人间极品。想起身为贵妃的杨玉环要吃荔枝，尚要千辛万苦从四川用快马日夜兼程地运到京城长安，吃到的还是不那么新鲜、口味已经大逊的荔枝，苏轼不觉心中得意，吟出了"日啖荔枝三百颗，不辞长作岭南人"的诗句。

此生但为君前舞，伴君天涯终不悔。

在惠州丰湖上，朝云闲挥琵琶，伴着苏轼流连在湖光山色之间。月白风清之夜，浮舟湖中，如踏虚空，如入冰壶，远望着泗洲塔倒映在月色下光洁如镜的湖水中，苏轼诗兴大发，从"一更山吐月，玉塔卧微澜"，每更赋一诗，一直赏月吟诗到五更，天将大白才不舍而归。

看着湖水映照中温润如玉、美丽依旧的朝云，苏轼不禁忆起与朝云在杭州西湖初遇的情景，又觉两湖皆美不可言，于是把丰湖改名西湖，直把惠州当杭州，自得其乐间，惠州西湖之名也由此流传了下来。来到惠州的第二年秋天，屋外秋风萧瑟，苏轼与朝云闲坐间，觉得气氛有些压抑，于是置酒，央朝云唱一阕《蝶恋花》。朝云起身清清嗓子，半响却唱不出一词，苏轼抬头看时，却见朝云娇美的脸颊上正有两行清泪缓缓流下。苏轼慌忙起身，轻抚着朝云的秀发安慰询问。良久，朝云才止住哽咽答曰："奴所不能歌者，是'枝上柳绵吹又少，天涯何处无芳草'也！"苏轼大笑道："是吾正悲秋，而汝又伤春矣。"

苏轼一生屡遭政敌迫害，身若飘蓬飞絮，一贬再贬，沦落天涯。朝云唱到此词，就会想起这些，不由悲从中来，不能自已。而苏轼与朝云心意相通，感同身受，才强颜欢笑，以宽慰朝云。

苏轼开朗豁达，可他的内心之丰富，极少有人能达到他那个高度，所以也是很孤独的。一只雄鹰在高空飞翔，它最想要的不是地上人们的欢呼，而是身边另一只鹰的知遇和理解，而朝云正是苏轼身边的这只鹰。

来惠州的第三年春天，苏轼一生中唯一一次买下了一块地准备造房，打算与相濡以沫的朝云终老于惠州。不料，六月天气暑热，瘟疫流行，朝云不幸染上了疫病。惠州地处偏僻，缺医少药，到了七月初，朝云已经气若游丝，危在旦夕。

屋外是盛夏，可病榻旁的苏轼却感到肃杀的秋意。

朝云仰首柔情地看着这今生今世唯一挚爱的人。

苏郎呀苏郎，从初执你手时的雄姿英发，风流天下闻，到如今饱受沧桑，鬓角染飞霜，妾身虽不能独自将你拥有，可你对我的深情厚谊，却已胜过多少世人一生一世独一人的相许。

若人生只如初见，多好。

你依然是才气冠绝的名士，我依然是你倾目中为你盈盈起舞的歌姬。

可人生，又何必只如初见？！

管它风花雪月，名士史留香；管它高朋满座，诗酣琴飞扬；能得苏郎怀中死，何羡仙庭不老生。

朝云轻轻握着苏轼垂垂老矣的手，无限柔情地凝望着他，口颂《金刚经》四句六如偈："一切有为法，如梦幻泡影。如露亦如电，应作如是观。"

颂毕，朝云气息渐弱，一缕芳魂随风而散……

按照朝云生前遗愿，苏轼将她埋葬在惠州西湖孤山栖禅寺旁的松林中。在墓前，建了六如亭，亭柱上镌有苏东坡亲自撰写的一副楹联："不合时宜，惟有朝云能识我；独弹古调，每逢暮雨倍思卿。"这副亭联不仅表达了苏轼对朝云的无限深情，更超越了爱情和亲情，表达了痛失人生知己之痛。

栖禅寺已在漫长的岁月里湮没，苏轼写的楹联也已经损毁无存，现在六如亭四条柱上挂着的两副楹联，一副是清人陈维所书："从南海来时，经卷药炉，百尺江楼飞柳絮；自东坡去后，夜灯仙塔，一亭湖月冷梅花。"一副是后人依据"六如"之意，写下的对联："如梦如幻如泡如影如露如电，不生不灭不垢不净不增不减。"

朝云去后，苏轼痛失爱侣和知音，写了不少诗词来悼念她。

冬天到了，苏轼望着窗外冰肌玉骨的寒梅，又忆起了朝云，于是写下《西江月·梅花》一词，深情缅怀了朝云的高洁风骨和绝美姿容："玉骨那愁瘴雾？冰姿自有仙风；海仙时遣探芳丛，倒挂绿毛幺凤。素面反嫌粉涴，洗妆不褪唇红；高情已逐晓云空，不与梨花同梦。"梅与人合一，意境高远，后人评为古今写梅词第一。

传说一日，苏轼在孤山朝云墓旁思念朝云，夜已深，幽暗中苏轼忽然发现朝云来到了自己身边，两人相拥而泣，一诉相思之苦。苏轼发现怀中的朝云在瑟瑟发抖，这才发觉朝云的衣裙下摆是湿的，于是相问。朝云说因湖水相隔，故涉水过来方得相见。苏轼心痛之下醒来，惊觉是南柯一梦，身前唯剩一株寒梅，在风中散发着淡淡冷香。于是苏轼发愿修堤造桥，就是后来的苏堤和西新桥。

实际上，苏堤和西新桥在朝云去世前已经建成，是苏轼发动民间力量，自己又捐出了皇帝赐的犀带，还发动弟弟苏辙，让弟媳将内宫所赐的数千黄金也捐了出来才得以建成的。但我更宁愿相信这个与朝云相关的深情凄美的传说。

朝云去世后半年多，苏轼在白鹤峰下的居所建好了，家人也在大儿子苏迈的带领下全部来到了惠州，苏轼打算就此定居惠州，余生在墓前相伴朝云。

不意才入住新居两个月，在朝中的宰相章惇听说苏轼在惠州的小日子过得还挺滋润，又下令要苏轼谪迁海南儋州。宋太祖曾立诏不杀文官，官员谪迁海南在那个时候仅比满门抄斩罪轻一等。

三年后，宋徽宗继任帝位大赦天下，苏轼于回朝途中在常州病逝，一代文星就此陨落，终年64岁。苏轼仙逝的日子是7月28日，与他跟朝云爱情结晶的小儿苏遁的忌日巧合在同一天。

宋绍兴二年，也即是苏轼去世后31年，江洋大盗谢达进犯惠州，官舍民居被焚烧抢掠无存，独对白鹤峰苏轼故居秋毫无犯。谢达并率众匪在孤山修葺六如亭，在朝云墓前烹羊致奠后方离去。连穷凶极恶的匪徒对朝云亦如此敬重，民间百姓到朝云墓前祭拜的更是络绎不绝。

站在朝云墓前，默点心香一炷，敬献给对苏轼这位旷世绝代的大才子一生相慕、万里追随的朝云。

松风如诉，如苏轼哀悼朝云的悲声。

美人兮美人，不知为暮雨兮为朝云，相思一夜梅花发，忽到窗前疑是君。

恍惚中，似乎见到苏轼晨起，一夜相思后抬眼望窗前，寒梅绽放处，点点花影后，朝云正轻拨琵琶，柔情无限地望将过来……

第四辑

游记卷　回望扬州

独自去旅行

◆文/董斌

1. 夏旅

平素一直不太喜欢搭伙出行，感觉是一场集体导演或演出的狂欢，旅行的目的不在风景而在人。喜欢孤独地行走，踽踽穿行于天地之间，或停或走，或唱或跑，或深山里一嗓子嘹亮的号叫，或小酒馆里一个人的自斟自饮，都是我的向往和感动。一个人行走在城市与郊区之间，看世间繁华寥落，星月变迁。黄昏日落时，于细碎的斜阳里，灯光的街头下，一个长长的影子，落寞而孤单的身体里，便聚集着沉淀的感动，异乡的情调，古朴的乡俗，于我，就是浓浓的收获。我用眼睛和手指细细地去触摸，我用从头到脚的灵魂去呼吸和了解，而不是某个人的介绍和讲解，那份情感是多年以后都挥之不去的感悟，清醒而迷惑，深刻而寂寥，时空与时间的对话，似雨过花红，云开月朗，有一阵清风拂面，看七八颗星天外。

一个人的旅行，时而骄阳当空，时而雨打芭蕉，河流里的溪石泛着亮亮的青光，激流奔过，便流淌在古今的穿行中，思念在长安、临安的不眠里。风吹过，一种相思，两处闲愁，独自上高楼，遥看着无心云漂泊，开阔而碧朗。

有没有青鸟探候，告诉你她很爱你？有没有人在黄昏后的失约里哭泣？雨过后的绿柳宫墙，远山青黛，眉目里都传情，你不想，她也在，像在补一堂诗词的文学课。

沿着南方的弄堂小径前行，不知几人走过，谁又是谁的眼缘。有风拂面，未见树梢晃动，不知风自何处，风自心生。碧绿环抱处未见花开亦有花香弥漫，香自何来？香由心生。

在路上。城市没有静夜，宾馆里的床前明月光，还能不能照出家乡的模样？你说的回忆便是回忆，你说的美好已不再是美好，你忐忑地接受一份光怪陆离，你的乌衣巷口，乌篷流水，早已没有了那一声声软糯吴音和扬琴声声，家愁而国殇。

在路上。这样的旅程里，有时欣喜，有时压抑，伤见花雨如泪，喜听夏雨如诗。你却在世间的反复无常中濯洗，精练而升华。一个季节的花开花落，消弭或是新生，是定事，是时势，是造化，也是变化。非常道，信自己，头脑清晰开来，有如哲学大儒，给你力量。

于是捧一本书，在旧时光里。

2. 夏荷

一个人的旅行在夏日荷塘，于艳阳高照里邂逅"接天莲叶无穷碧，映日红花别样红"。有红红白白的小荷，身着罗裙的莲女，当时情歌盈耳，小船划开一池清波。白藕般的手臂，兰花般的手指，娇羞的面容，脑海里

"出污泥而不染，濯清涟而不妖"的字句便油然而生。

水面这时看似宁静，有浮光耀金，几只鸟儿在厚实的荷叶上时而舞蹈，时而喝着荷盘上的甘露，见有船来，"扑棱"地飞远。那水下有金鳞游泳，南北西东，开心时居然一个挺身，上来瞧瞧，然后钻入水中，再也寻它不见……

所以，即使有缘，未必就能相识。回眸一笑，也仅仅是擦肩而过。

近黄昏，荷田远望，那些含苞怒放的荷花有如把把亮闪闪的火炬又似浓烈的杯杯红酒，染了天，着了云，动了心。及至傍晚，月光如水，微风习习，只只萤火虫开始装饰夜幕，纺娘、青蛙、知了齐鸣。蛙儿最耐不住寂寞，顽皮地跳入水中，只是"扑通"一声，就随着水波"刷"地扩散到池塘的那边，炫耀地唱起歌来。

一泓碧水，有荷花铺衬，想想就如清水润心。"习习西风淡淡烟，素月飘渺青烟间"的意境里，婆娑的绿苇，或舞或歌，泼墨成一幅世外山水，朦胧着挂在我的眼前，那是只有中国的水彩画才能描绘的雾里水乡。在那里，有袅袅炊烟飘过，绿舟在如镜的碧水中徜徉，赏心悦目，欢快自有人知。《击壤歌》唱："日出而作，日入而息，凿井而饮，耕田而食，帝力于我何有哉。"意在远古，却令今人艳羡不已。

于是真想长居此地，于池旁小亭，日日笑对荷花，啜饮莲茶，一杯春露，两腋清风，无杂音绕耳，无世俗入目，何等悠闲！何等惬意！令人追往。

3. 江南

昨夜闲雨来袭，灯下眼倦，挪步客室，正雨声滴答，开着窗，靠坐藤椅上，眼里的江南，轻雾拢烟，白练飘舞，有荷花正红，鱼戏性浓，自由无忧，美好和幸福。

醒来已是天晴，一缕晨曦抹在脸上，似有丝润，有花雀绕窗，被我惊到，扑棱棱地飞去了。起身，甜茶入口，清爽立时遍布周身，便突地也想像鸟儿一样飞翔了……

自春来以后，江南便满眼绿意盎然起来，就会有风光无限。清波碧水间，有鱼儿伴浮萍游泳，有蝴蝶和着花儿飘香。间或，数只红掌白翼扑打在水上，溅起粒粒银珠；恰此时，一队鸭儿浮行，浓浓醇醇的绿一下子蔓延开来，黛抹了远山，绿染了芭蕉。

"欸乃"一声似裂帛响起，一叶扁舟掠水而过，也划过了整个夏天。飞鸥翔集一隅，水面微波跃金。渔歌互答里，炊烟袅袅，随风飘荡，忽而东忽而西，汇成云，成心。云近处有佳人汲水，远端有相思如雾。我看到了小小茅屋下一对天真的顽童正在捉蚂蚱，屋内一名老者伏桌闲敲棋子。偶遇雨天，老者或弄笔小草，或枕上听蝉，卷帘初上，雨润天晴。

夏日的江南色彩除却绿，也应该是浓重的褐色的，自然的唯美总是眷顾着这片土地，浓妆也好，淡抹也罢，都是撩人思绪。那把黄雨伞过后，早已消散了墨油香的气味，但无数年来，又有多少痴男信女不断地从断桥边走来，走进空濛的雨巷，并肩在一把把花样翻新的雨伞里。伞更加漂亮了，人更加帅气、靓丽了，可我们那颗心，是否就更加美好？那些被唯美了的哀愁，也许终究就是爱的祭奠。你来与不来，桥上或者楼上，明月抑或窗棂，梦里花开花落，谁成了谁的谁？你在你不在，古渡或者道口，相思抑或怀念，人随南北东西，如何成就姻缘？回眸一笑，没有早一步也没有晚一步,是恰好,是千百万次的求,是佛缘也是绝缘,是开始也是结束,都在这里,往事随风。

江南永远都是小桥流水人家,夕阳西下,一缕残阳拂面,暖暖的,有如妈妈的手。只刹那间,便会有思乡的愁绪从心中涌动开来,不可逆转。怀旧的人轻轻地哼着"一壶浊酒尽余欢,今宵别梦寒",声声低回,离人泪夺眶而出。蓦然回首,一海外老人抚摸着楼牌,低下头,老泪纵横……经历了风和雨,难舍的是故乡情,更依恋故乡人。

夜已深,江天一色无纤尘,皎皎空中孤月轮。《春江花月夜里》的琵琶悠悠传递着宁静、豁然,《茉莉花》的扬琴阵阵拨弄了无数恋人心怀。漾漾的江水载得动一船欢笑,却载不动许多愁。有人船头高唱:"海上生明月,天涯共此时。"也有人低和:"举头望明月,低头思故乡。"更有人尽挹西江,细斟北斗,举杯邀月,笑论今昔,叩舷独啸,请君听我云飞扬,西出阳关无故人。

美丽的乡愁产生了美丽的诗,美好的画,江南就如此这般地孕育着中华文化,她几乎成为中华文明的象征。

我喜欢江南的绿和褐,如果说绿的江南代表着新生和飞跃,那么褐墨的江南就代表着文化的积淀和历史的沉着。绿油然增长,褐给予无穷的精神和营养支撑,我爱江南的山和水,长相思,在江南。

西子湖畔,美丽的遇见

◆文/莲韵

水光潋滟晴方好,

山色空濛雨亦奇。

欲把西湖比西子,

淡妆浓抹总相宜。

——题记

一直有一个梦想,去看一看无数次梦中相见的江南水乡,感受一下,千百年来,传说中的西湖,是否就是人们心中梦寐以求的人间天堂。

仿佛有一段温柔的过往,遗落在江南的水乡,仿佛有一份美好的夙愿,需要去偿还,仿佛有一份前世的约定,需要今生来完成。人这一生,总有一些未了的情,依稀闪烁在梦里,只待合适的际遇,来完成一次美丽的相逢。

于是,我背起思念的行囊,带上一份婉约的心情,在这个美丽的季节，乘上飞驰的高铁，循着有你的方向，一路飞翔。

曾在心中无数次地临摹，无数次地想象，多少次魂牵梦绕，遥望有你的方向。人未到，心已许，就这样与你，赴一场前世今生的约定，邂逅一份无悔的美丽。梦中的江南，等待我的，该是怎样一场温柔、婉约的遇见？

窗外是五月的浅夏，满目苍翠，尽管花事已过，但依然是风光无限，旖旎如画。或许是最美的风光，一直在路上吧，只是还没等你细细地观赏，这流动的风景，便一闪而过，像是有一只无形的手，在用力地推着它，一直推到你身后。遗漏了身边的美景并不可惜，因为最美的风光还在前头等着你，就像人与人的邂逅与重逢，缘分深浅不同。属于你的会一直在等待你，不属于你的，你如何挽留也无济于事，只是与你擦肩而过的空欢喜。

我想我的前世一定生在这里，不然怎么会对这里的一切那么亲切而熟悉？漫步在婉约的西子湖畔，呼吸着她温润的气息，这千里莺啼绿映红的水墨江南，许多年以前，我一定在这儿有过一场迷离的过往。而今，我又循着飘香的回忆，来到这里。或许是一个不经意的转身，我将一段如莲的心事，遗落在江南温润的水乡，遗落在白娘子的断桥之上。不知这次来，算是初见，还是久别重逢？

杭州，这个素以西湖而闻名的千年古城，吸引着全国乃至世界各地的游客，前来驻足观赏。每年的旅游高峰时期，每天的客流量高达一百多万人次，西湖到处都是接踵而至、摩肩而行的人群。人们从四面八方蜂拥赶来，就是为了亲自触摸一下西湖软绵的时光，静静地体味一下，千百年来人们为之向往的人间天堂，有着怎样让人柔肠百转的风月情长。

"群芳过后西湖好，狼籍残红。"

时至五月的浅夏，绿肥红瘦的暮春时节，一场花事已经接近尾声，只有零星的几朵花，还在绽露着最后的笑颜。站在苏堤上遥望，最惹人瞩目的就是那一丛丛青翠的绿意，还有那长长的柳丝，在暖暖的风中翩跹起舞。辽阔浩渺的湖面上，碧波千顷，柳丝垂在湖面上，长长的绿影，荡漾在西湖的柔波里。

"山外青山楼外楼，西湖歌舞几时休。"

泛舟西湖之上，风儿轻轻地吹拂着，绿水悠悠地荡漾着，此时不知从哪里飘来悦耳的歌声，正暗合了游人的心境，更增添了西湖的柔媚。举目远眺，三潭印月掩映在云雾中，绿影叠嶂，像三颗翡翠镶嵌在西湖之上。"欲把西湖比西子，淡妆浓抹总相宜"，西湖的美，美得自然，美得极致，在这里，人与大自然有一种无语的默契，相得益彰，合二为一。

撑一把油纸伞，坐上乌篷船，千年等一回，去感受一下当年白娘子与许仙，荡舟西湖的浪漫心境。从西湖中心，一根长篙吱吱呀呀地拨动着碧绿的时光，阳光洒在水面上，波光涟漪，金光闪闪。清凌的湖水打湿了软绵的情怀，水中绿色的倒影里，沉淀着千年的沧桑，仿佛在诉说着那一个古老而美丽的传奇过往。

举目遥望，远山含黛，绿影凝翠。著名的雷峰塔，坐落其上，烟笼湖光山色，人在画中游。不知，那曾经被法海压在塔下的白娘子，是否可以得到些许安慰？

就这样坐在如水的光阴里，赏一赏西湖的美景，听一听远处天籁般的乐声，闻一闻风里醉人的花香，感受着时光正以流水的姿势，在心间缓缓地流淌。平日里那颗浮躁的心，被西湖的水，洗涤得纤尘不染，完完全全安静下来了。

你尽管这样静默地坐着，细细品味这突然静止下来的时光。这里的一山一水，一草一树，一物一景，一廊一柱，都可以激发你无限的想象。

湖水无言，静默得像一帛绿色的软锦，在风里抖动着她的柔婉。西湖，就这样以她的柔美温婉的靓姿倩影，静静地迎来无数个春秋，又送走多少回春夏。花开花谢，缘起缘灭，多少美丽的故事在这里上演，多少匆匆的脚步在这里流连？

登上三潭之一的湖心岛，这里有一块石碑。相传，乾隆皇帝夜游西湖，至湖心亭，看到美景当前，不由雅兴大作，遂写下"虫二"二字。随行大臣不解其意，却被树影下一秀才"風（风月无边）"一语道破。"虫二"典故遂传为含蓄称赞西湖湖心亭景致的一段佳话。

还等什么？就在这杨柳岸边合个影吧，西湖碧绿的水为背景，西湖纤细柔长的柳丝，就是一抹淡雅的诗韵。剪一段西湖温润的时光，装入行囊，掬一捧西湖的水，带回家乡，许多年后，依然可以将西湖的美景，温柔地忆起，静静地回想。

撑一把油纸伞，就在断桥之上，留个影吧。这里，曾经有过多少美丽的相逢，又曾经留下多少擦肩而过的惆怅？这里，收藏了多少动人的故事，又留下了多少云水的过往？无人记起，无从可想。

站在桥上，静静观赏，西湖的美景，牵引着无数人美丽的向往，仿佛以前那些年华，都是白白荒废了。原来，人间竟然真有这样美丽的天堂，原来，人生真的不必那样匆忙，你需要停下来，安静地享受一下，这里柔软的静美时光。

西湖，这个风月之地，温柔之乡，带着江南的风韵，默默地迎来送往。这里，迷离了多少流转的眸光？穿行在西湖淡雅的风景里，感受着典雅的古韵与诗意的现代气息交织的风情万种，时而梦里，时而梦外。仿佛一不小心，就会穿越到某个古老而久远的故事中，久久不肯走出来。或许，相逢只是短暂的一瞬，而怀念却是长久的一生。

人生好像梦一场，再旖旎的风光，也会成为流水的过往。只是，待我转身后，你是否还会记住我留恋的目光？就这样与你，匆匆地相遇，又匆匆地别离，尽管我有诸多的不舍。我知道，此去经年，我一定会记得，曾经与你有过一场美丽的相约。

"何人解赏西湖好，佳景无时。"

西子湖畔，美丽的遇见。你一定在我的梦里，在我的心里，在我的文字里，如初惊艳，美丽依然。

水影里的周庄

◆ 文/孙悦平

很久以来，就存着份欲念，想写点儿相关于江南的文字，然而，却总是怕粗陋的学识，害了江南的闺美。尤为周庄，被誉为江南第一水乡，故屡要执笔，都因着心境的踟躇而搁却着。

仁者乐山，智者乐水。两千五百多年，孔子就做了如此的定论。可见，甭管是始建周庄，还是初居周庄，皆够得上适者的先觉。

周庄是真真切切的水乡。它独厚天然，被澄湖、南湖、淀山湖、肖甸湖和白蚬江次第环着，睡莲一样，卧佛水湄之央。

说起周庄，它的水，是最教人忖度的。畦畦阡阡的水道河网，针线般穿连着古镇的街巷。于是，周庄与水，便浑然契合，互为了依托。

有人说，江南的美，周庄差不多都给占尽了。以致到过周庄，甚至到过周庄多次的人，在被问及周庄时，一下子竟都说不大清，周庄的美，到底是美在哪里。这个缘由，究其竟，也不是什么大疑惑。莫不过，是周庄的景致，让人看得傻了眼，不晓得由哪儿去说起了。

客观地说，美的界定，是因人而异的。就如读书，同一个作品，有的人很喜爱，有的人却不喜爱。又如饮食，北方人偏咸，南方人偏甜，山西人偏酸，四川人又偏麻辣，然，于周庄，我所在意的，倒是古镇的行居环境。

说到行居和环境，周庄的桥，以及周庄的个性民居，想必，是不该疏略的。

其实，周庄很小，公里面积还不到半个平方。可谁能料想，区区一隅小镇，桥竟会多至几十座。所以，在周庄，桥，是块耀眼的招牌。

周庄的桥都够老，光是老过四百年以上的就八九座。这八九座大岁数的桥，名气最大的，当数双桥，其次，是富安桥。顾名思义。双桥，的确是由两桥相接而整合为一的。这两座桥，一座谓世德桥，一座谓永安桥。体式上，世德桥圆拱，永安桥平直。较之其他，最迥异的，当是双桥的朴素、简约，还有敦厚和它的大气。

双桥，位于周庄南北水系的交汇处，它横迈着银子浜和南北市河，桥面横竖相接着。富安桥，世德桥，一拱一方。呈拱的世德桥，层陛阶升。曲率渐次而延缓。

呈方的富安桥，则笔直平展，一字形与拱桥垂直接拢。整体看，像把钥匙。所以，有人又将它称之钥匙桥。这组双桥，纵横相交，体态别异不苟。看过，便会触及到建造者的匠心。

与双桥比，富安桥名声上虽说逊一些，但在周庄，它终还是有很重的分量。也不只周庄，全部江南，桥楼合璧之立体的建筑，也是非富安桥莫属了的。

富安桥有四座桥楼，东西南北，各自落座在桥的四角。桥楼里，设有茶寮、商铺及酒肆餐馆儿。游人既可一边饮茶歇息，又可赏景购物。设计者的生意头脑，逼人折服。

建造上，富安桥不仅顾及到了各方面的便利，人性的照顾，也很入微。

在浙江德清，有种石头，谓武康石。这种石料，既粗糙，又涩滞。为防湿滑，造桥者不惜成本，不顾运途远，从浙江把它搬弄到周庄，用做桥堍两侧的阶石料。武康石天生多孔，又吸水性好，湿润的桥身，便有苔藓常年生长。石缝儿间，间或也会有藤蔓类的植物，蓬乱无序着恣意攀援。桥身的接缝儿，多有水锈的迚迹，古铜色的斑痕，涂写着富安桥的苍老。

在周庄，无论双桥，富安桥，还是别的桥，体态上，造型各异。唯一相同的，就是建材都是石料。这些整块整块的石头，像金字塔一样垒砌着，其间不用任何的黏合物，然而，千百年的风蚀，桥体却没一丁点儿挪移。尤为是富安桥这类拱桥，块块坚硬的石料，竟雕琢得精准圆润，且结构的衔接，像制木工艺一样，榫卯吻合。凹凸齿啮之间，昭示的，是建造者术数力学的精湛。

在周庄，尽管桥的名分很重，但也绝非是它仅有的景致。"轿从前门进，船自家中过。"像张厅沈厅这样的个性的民居，也不失为抢眼的胜景。

史料里说，张厅是明正统年间建的。头任宅主，是明代中山王徐达之弟徐奎的后裔。清朝初年，被一张姓人家买下，改称"玉颜堂"，后又俗称"张厅"。张厅的确无愧是殷富人家的府邸，不须说玉颜堂有怎样的庄伟，一抱多粗的楠木廊柱，自是张厅高阔的明证。木古墩上，根根廊柱，兀自耸立着。无声承载的，是张厅五百多年积攒的厚重。

张厅着实称得上深宅，它前后七进，大小房屋七十余间。前厅后堂。

有典型的水乡民居的属性。所以，之前说的，都不是张厅富名气的紧要因由。它最光鲜、最惹眼，也是它最不同其他的，当是在水环境的利用上，它做到的物尽其用。

人与水，从来都是相矛盾的。为疏解这个矛盾，和谐水与人的关系，建张厅的人，在后花园掘水道，建码头，张厅的货运出行，皆可足不出户。天人合一，在张厅，被开掘得超乎了想象。

与张厅比较，沈厅想要的，是高贵大气。它有屋厅百余间，七进五门楼，风格上，既有苏帮邵帮的形态，又有灰帮的影子，先人的包容性，佐佐可鉴。

从历史看，沈厅要年轻很多，寿命也还不过三百年。它原名敬业堂，后易名松茂堂，为江南首富沈万三后裔所建。或许，正是因着财富上的殷实，建造它的人，在其宏伟、宽敞、庄重上，下的力气很大。

沈厅不仅气宇很超凡，且楼屋间错。由于占地宽裕，走马楼更是迂回有余，甬巷幽深。外宅的砖雕门楼，也是飞甍参叠，气势壮阔，且又层次分明。柁梁厅柱间，既有丽巧的雕饰，又不缺古朴，可谓是匠心独领。

格局上，沈厅延续的，也还是四合院民居传统。水墙门水河埠居前，靠船和洗涤码头次后。央处茶厅客厅，深远些的，大半为深闺卧榻。

作为豪宅，沈厅的名气，源自它精湛的设计与建造，当然是最起码的。但它从近三百年的风雨飘摇里，能毫发不损地完整保持，自是它弥足的珍处。

其实，在周庄，保留下来的古建筑很多。像教育家沈体兰故居"贞固堂"等，都是些别致的个性民居。

……

周庄的确很老，北宋的元祐元年就有了它。只是旧称里，它不叫周庄，谓贞丰里。是春秋时吴王少子摇的封地，亦正因如此被称之摇城，后因周迪功郎捐宅地二百亩余建全福寺，而始称周庄。到了元代的中期，当地富豪沈万三，利用周庄镇北白蚬江之水运便利，做通番贸易，茶叶、粮食、丝绸及陶瓷等商品，则大量囤积。周庄，也由此赍享着繁荣。

周庄，是水成就的。然，周庄的水，沉稳，从不峻急。这不知是源自它的故久，还是源自它一千多年的洗励。

公元13至16世纪，由于水与人类生活及经济活动的密切关系，因水而建的城镇纷纷兴起。后来，因战乱等种种原因，一些水乡城镇相继落败。而周庄，却因了陆路通衢不便，避开了战乱和近现代文明的清洗，使它，虽经历了千百年的沧桑变迁，却依然矜持着古朴。

驻步古镇，映入眼里的影像，全是爿爿的古远。青石板儿路侧，老人悠缓地下着铺面的门板，随着门板一块块卸下，日子便自老翁或阿婆的指缝儿间一一翻去。

窗前檐下，时有船楫过往。汩汩的欸乃里，和有船娘低厉的吴歌。身后跳踉的波光，泛着水乡皱褶且曲扭的倒影。

在水乡，水的优势是不单只在水运上的。夜色里的周庄，水还会把周庄揽入怀里。其实，也甭管是水把它揽入了怀，还是它自个儿滴入了水的怀里，夜的周庄，反正都待在了水里。所以，在周庄，只要有月光、星光，或灯光，你就自会看到一个不一样的周庄。

着了暮色的周庄，行船会渐少起来。船少，水也益发静谧。洒着灯彩的湖面，就有了深邃的空廓。周庄，就坠落了水影里。这时，大可不必像白日里游览周庄那样，周遭顾望。低了头，便可清晰了然了周庄的明丽。严格说，清晰也未必会一直有。若是窄仄的巷间，偶有二三绺微风戏谑，黯黯的水面，便会被逗起几许皱缬的柔波，鳞次的明漪里，周庄憧憧的倩影，就会模糊起来，变得神秘而曼幻。

光晕里，周庄四遭都泊着静寂。而街井的茶社里，却不时漾着喝彩。劳顿了一天的周庄人，聚集茶楼，听着丝弦宣卷的因袭唱段。

周庄，其实从不愚昧，也从不盲随。更不会去枉生挂碍。因它已从河岸淘米捶衣的窸窣里，明白了兴废。

回望扬州

◆ 文/林天洪

那里有佳人如玉,

那里有琼花似雪。

那里有美酒如饴,

那里有月华似水。

——题记

到扬州已是夜晚。

华灯璀璨,漫无目的地走在扬州的闹市街头。冬秋交汇之际,夜渐深,路上行人寂寥,腿脚也有些疲惫了,于是随意地拐进一条小巷,欲寻一廉价旅店歇息,养足精神第二天再好好地游玩。

从亮如白昼的大路上穿进这幽深幽深的小巷,人就一下子怔住了,感觉全身忽然都浸在了一种透明的液体里。

慢慢抬起头,一轮满月寂然无声地挂在天心。月华如瀑,将我全身笼住,又如水银般在脚边泻了一地。

小巷的路灯不知为何都没亮,巷两边的人家又多已熄灯就寝了,整个小巷都沐在了如水的月华中。感觉一下子穿进了时光隧道,从一个现代的城市忽然回到悠远的从前,一个充满唐宋韵味的月光小巷。

滞重的步履蓦地变得轻灵起来,走在青石板的小径上感觉就像是洛神凌波,御风而行。

边走边打量着小巷两侧的民居,忽然人又定定地站在了那里。

在身侧,一间普普通通的民宅上挂着一副牌匾:朱自清故居。

喜欢上文学就是因为读书时学的一篇散文《荷塘月色》,为文中的月色所倾倒,并从此在心底一直对朱自清有着莫大的喜爱。从朱自清的传记中知道,童年和少年的朱自清都是在扬州度过的,并且数次搬家,这条小巷中的故居是现今唯一保存完整的房子了。可以料想,幼时的朱自清就是在这样的小巷中沐着这如水的月光长大的,难怪后来能写出那样的美文。

中国古代也有许多文人在扬州沐过这同样的月光。中国描写月亮最多的诗人是李白,多次到过扬州的李白远在武昌黄鹤楼头送友人孟浩然坐船去扬州时,依旧对烟花三月的扬州念念不忘,心向神往;以"孤篇压倒全唐"的《春江花月夜》作者张若虚本身就是扬州人;还有写下"二十四桥明月夜,玉人何处教吹箫"这样让人浮想联翩诗句的杜牧亦曾在扬州待过三年;而写下千古咏月名词《水调歌头·明月几时有》的苏轼则在扬州当过知州;白居易、欧阳修、秦观等人也都曾在扬州生活过。

唐朝有个叫徐凝的诗人写过一首诗,其中有两句是:"天下三分明月夜,二分无赖是扬州。"中国是一个月亮的民族,中国又是一个诗的国度。在唐宋，几乎每个著名的诗人都到过扬州，是否天下三分明月独占其二的扬州明月让诗人们多了一份灵气，并由此成就了不朽的唐诗宋词？

一路踏着月光胡思乱想地走着，不知不觉站到了一间小客栈前。一个扬州姑娘笑语盈盈地从柜台后闪出来，袅袅娜娜，姿态迷人。

扬州在长江的北边，然而从古到今，人们都喜欢把它当作江南的一分子，所有描绘江南的美好词语也都被用在了扬州身上。可能是南北在此结合的缘故吧，扬州姑娘身上既有着江南女子美丽的容颜，又有着北方女子爽朗的性格。

姑娘特意安排了客栈小木楼上一间透着月光的小小单间给我，而沐在月华里的我又如何睡得着……

第二天一早，踱出小巷没走几步就见到一座道观上书"蕃釐观"三字，进去却好像并不见有道士，倒是到处写满了琼花的历史传说和资料图片，才醒悟这个蕃釐观就是鼎鼎大名的琼花观。

南北朝时有句诗叫作"腰缠十万贯，骑鹤下扬州"，一向都被后人用来形容扬州这个东南胜地、销金窝子，连余秋雨先生的《山居笔记》写到扬州时也用此诗句来形容。其实南北朝时的扬州相当于今天的一个省，治所在建康（今南京），现在的扬州是后来隋文帝改当时的吴州而得名的，南北朝人骑鹤下的是南京。

南北朝时扬州虽也算是一个比较富庶的地方，但还远远无法与六朝金粉繁华地的南京相提并论。扬州的真正崛起是在隋炀帝开凿了大运河，扬州成为南北水运枢纽之后。相传当时在琼花观里长着一株绝美无比的花，因为美如白玉人们便把它叫作琼花。"维扬一株花，四海无同类"，隋炀帝为了看这天下独一无二的琼花曾三下扬州。不过亦有书载说琼花始于唐朝，隋炀帝到扬州是看不到琼花的。不管如何，隋炀帝第三次下扬州身死国灭则是确凿无疑的。隋炀帝死后，随侍身边的后宫数千佳丽散落民间，是否也造就了扬州女子从此的天生丽质？

这株琼花之后历尽劫难，在宋朝先后被皇帝移植开封和杭州，都因日渐枯黄而发回扬州，金兵南侵又将琼花劫掠铲走，幸在铲剩的根际处又发出了新芽，且得观中道士呵护，琼花才得以重生。但琼花的气数终于随着宋的灭亡而到了尽头，在宋朝灭亡那年离奇死去。又过了二十年，观中道士补种了一株聚八仙在原琼花生长处，后人便把聚八仙叫作琼花，不过战乱中聚八仙也灭绝了。直到新中国成立后扬州的园林工人寻遍山林乡野在蜀岗又重新发现了聚八仙，并四处引种。

出了琼花观看着地图从小路往瘦西湖方向穿去，又无意中见到了江泽民故居。过了护城河，史公祠就到了，扬州历史上最惨烈的日子也展现在了眼前。史可法在扬州抗击清兵，城破身死，清兵在此屠城十日，杀戮了几十万人，这就是扬州史上永远铭刻的"扬州十日"。

扬州是一座被诗泡着的城市，更是一座被血泡着的城市，然而它却有着惊人的复原能力。经历了魏晋南北朝的战乱，却迎来了隋唐的鼎盛；跟着又在南宋数度成为战场，但只要局势稍有和缓，扬州又迅速得到恢复发展。"扬州十日"让扬州成了一座空城，可到了康乾年间扬州又已拥有了五十万人口，而当时世界上人口达到五十万的城市只有十座，扬州经济之发达从它当时仅盐业一项就已是全国税收的四分之一可见一斑。不过随着运河的淤塞和铁路的出现，从清末开始一直依赖着运河经济的扬州陷入了低谷。

史公祠往前不远就是天宁寺。扬州不但吸引着无数的文人骚客，连皇帝老儿也对扬州十分着迷，康熙五次到扬州都住在天宁寺中，而曹雪芹的祖父曹寅就在寺前御码头接驾过四次，乾隆六下江南五次到扬州也是在这儿上的岸。

穿过一带林园，曲折狭长如锦带飘浮的瘦西湖终于到了。

一泓曲水，细柳轻斜，随风挑拨湖面，都快初冬了却不知哪来片片落红在湖中逐波而去。画舫清荡，玉桥横卧，与杭州西湖相较，当是各擅胜场，别有一番风味。

瘦西湖这个骨感美人纵千种风情，万般妩媚，我却无心停留，脚步已越来越快，因为二十四桥就在园的尽头。

"二十四桥明月夜，玉人何处教吹箫"，月光笼罩的二十四桥上，连吹箫的美人身上也发出了淡淡的银辉，玉洁光润的美人吹出的悠悠箫声在月下的扬州城如仙乐四处飘落……此情此景，只要想一想都让人心神荡漾，而"十年一觉扬州梦，赢得青楼薄幸名"的杜牧当年只怕是天天流连其间吧。天下三分的明月扬州占去了二分，而这二分的明月二十四桥又占去了几分？

唐朝作为当时世界上最强盛的帝国，都城长安是当时世界上唯一人口过百万的城市，但最令诗人们心向神往的并不是长安，也不是洛阳，当然更不是苏杭，而是东南繁华之地、梦中温柔之乡的扬州。作为海上丝绸之路的重要港口，各国商人纷至沓来，甚至定居于此，过着莺歌燕舞，纸醉金迷的生活而乐不思归。唐时扬州的地位相当于今天的纽约，至少也比得上今天的上海，而唐时的上海还有一部分在海里没成为陆地呢。

到了二十四桥景区，张目四望，寻觅二十四桥的芳踪。然而找遍整个景区，细细留意每个地方，都见不到这座多年缱绻在我梦境中的桥。最后终于在一块牌上看到说是二十四桥是一个新建的景区，并不特指某座桥。

带着几分失落离开了扬州，匆匆奔往隔江相望的镇江。

扬州在唐朝时是在长江入海口的江边，孟浩然别过李白后沿江而下就能直达扬州。沧海桑田，现在的扬州市区不但远离了长江入海口，就是与长江也隔了几十公里。

车过长江，在瓜洲古渡上了渡轮。下车走到船舷边，但见大江茫茫，天地共色，唯一轮明月高悬，张若虚的《春江花月夜》是否就在此挥就？

清亮的月色里，心中一下子明白了公园设计师的苦衷：二十四桥是不可复制的，即使设计得再美轮美奂，建造得再巧夺天工，它也不能让时光倒流，沾上月华的润泽。况且后世之人也再没有搞清楚二十四桥是一座桥的名字还是扬州城内的二十四座桥。如果硬是再造出一座二十四桥，它定会如聚八仙假冒琼花一样，让人把心目中琼花美艳脱俗、举世无双的姿态给毁了。琼花本是仙花，只能活在人们的想象中；而二十四桥也早远离红尘，只能横在千年前迷蒙的月波下。

扬州是一座浮在月光中的城市，更是一座文人笔尖滋润出来的城市，它不可以用手，只能用心去触摸。

今夜，在这南国的花城，借问一声扬州，是否可以让我剪一弯明月为舟，折一枝杨柳为桨，再一次轻轻地划入你的波心？

赴约玉泉寺

◆ 文/云如故

人经历了苦夏,气血均虚,疲倦得如秋风中的落叶,有些飘,莲子无力风举起。正逢这一日休假,得空,邀约朋友来寺庙看看,其实心里极其欢喜,佛的语言博大精深,是很想拜拜莲座上的佛。

和朋友坐车直奔玉泉寺,在一岔路口坐了一辆出租车,司机开得很快,一路行驶直奔庙门,没有陡峭望而生畏的台阶,沿着一条长长的林间大路,就来到寺庙第一道山门。进去,一路古树林荫,鸟儿们安静,不一会儿就到了庙宇的第二个入口处,北面,一尊大佛背山而坐,慈眉善目,观之,心静如水。

转身,看背后是一佛堂山宝殿,门前立着一长方形的鼎样的香炉,司机先是在车上就说过:"买一炷香吧,来寺庙有佛的地方总是要拜一拜,保佑平安。"是的,许久不见,喜欢佛,慈悲的容颜,佛一脸祥和的安宁,容不得人怠慢。

于是走近一路边摊,买一炷香,走近香炉前,点火,风玩笑似吹。我好不容易点燃檀香，虔诚恐慌地烧了几炷香，向庙门里小心肃然地拜了几拜，慌乱的我不知许愿说些什么，许是要说得太多却无从说起的缘故，那么就不说吧，佛一定知道，知道的，看他看着我如此慈悲地微笑，像看着他疼爱的孩子，想着佛是知道我这迷途孩子的心事的。

伫立庙门前，身后，是错落有致、静默无声的一座座的塔，面前，是有着一千七百多年的宗教文化历史的玉泉寺，寺庙山门，简朴厚重，如佛的一汪眼眸，慈悲平静，心就像一朵花，忽而盛开，安静，不再恐慌。

于菖蒲上虔诚地拜过，绕过佛像踏出一小门，一座宽大的石桥那头忽而盛开所有的奇观，六人环抱的千年银杏，粗壮高大挺拔，郁郁葱葱，庄重地立于明代的大雄宝殿外大院右侧，隔着一道荷青石板两米宽的过道，过道两边是很大的两个荷花池，祈佛的红色布条挂满了雕花石栏杆，染了千年的人间烟火情愫姻缘，栏杆下荷叶田田，满满荷花池都是铮铮苍绿的荷叶。

然，多少有些萧瑟，栏杆上有片片黄色凋零的银杏叶，荷池，有些荷叶已经半卷半枯，莲子无力风中举。想起李商隐的诗句——

"竹坞无尘水槛清，相思迢递隔重城，

秋阴不散霜飞晚，留得枯荷听雨声。"

佛门禁地，许是没有这些伤感，只有莲的恬静、佛的慈悲。

想来夏天，这里一定满池荷花盛开，安静的晨钟暮鼓，听僧众诵经礼佛，因而盛开成奇特的千瓣莲花。莲座上的佛啊，可将这千瓣莲早已度化？

忽而，我的眼眸有些湿润，似乎有久别重逢喜悦的酸楚。我来了，莲座上的佛，我是否曾经是你丢了的一朵未曾度化的莲？若不是，我于尘世厚重的盔甲下那一颗柔弱的心，为什么每次在梵音袅绕时，心中会有悲凉丛生？

若是，可为什么我犹如一个被遗弃的孩子，寻不见皈依的途径？

看满池荷花早已谢尽，想是又错过了，不能沾染些这莲的灵性，修养得不染尘世的负累的空灵。

既然如此，那么就入尘埃。因着有许多参拜和参观的游客，在那两千年银杏树上挂着自己的红色绸带，许愿，拍照，又有朋友的欢喜快乐和祥和相伴，心很快回来。迎着高大的雄伟的大雄宝殿屋檐上那一缕阳光，回到真实的快乐。

站在千年的大鼎面前，听不到鼎里曾经的故事，摸抚千年铜钟上的冷铁，转而，丢硬币于大鼎的水底，进入大雄宝殿，跪在菖蒲上，双手合十，不知是千年楠木香，还是见过菩萨，慈悲佛语心中存，心中了无挂碍。

大殿古朴厚重庄严，错落有致，幽深不知何处，穿过玉泉寺主要殿堂，天王殿、大雄宝殿、毗卢殿、毗卢上方、东堂、西堂、般舟堂及藏经楼等布局不一，无一不是神秘而古朴。直觉幽深而长。探索不尽的秘密，很想叫住一沙弥探问，然，怕是，千年的历史他也述说不清，如张晓峰说："寺庙的谜底，飞檐和燕儿看见，黑瓦述说不尽。"

是的，黑发巨索，一方暮云说不够的佛语渊源历史与梵音。玉泉寺这等寺庙，又如何是一个敲钟种菜的小沙弥述说得尽的神秘？

跨过青石门槛，慢慢地和朋友行走青石板路径，进入了曲廊幽静，高深两层的青砖藏经阁，几十个木格窗户上方，半圆形全部描画着黑白国画佛经的图画，一一仰望，不得其解，然静心。

这里似一冷巷，幽深少有人来，于是，我和朋友在这巷子里拍照，想留住清幽的样子，还有门窗上独特的图画故事。

谁会在寺庙里照相？照相，是要非常小心的，不然僧人也会嘀咕，佛门禁地，该是虔诚诵经礼佛，照什么相？

是的，惭愧，可我一看见古木雕花，佛像殿堂蒲团，就想着我要留住些佛像前的清幽和安静在手机里，就这样欢喜着在佛前流连。

一炷檀香，一页经书，一盏青灯，静静地敲打木鱼，这样与我必然是很好的。

然我并未皈依，所以一定要照相，但照相是要隐蔽些的，怕被人说。却不经意竟然和一大师在一院子里碰了个正着，忽然很窘迫自己在寺庙里放肆了。

许是大师刚回来，不知是什么辈分的大师，高大，慈眉，一身宽大的灰色僧袍，有些许飘逸，正锁一银灰色小轿车。抬眼，看到我们，很是惊诧，但瞬间平和，静静的，淡淡的，如落叶一样轻轻地走了。我错愕，想着和大师照相吧，终究没说出口。

看着大师的背影，忽然很沧桑，自己眼眸心里莫名地有一种凄凉，瞬间，又涌起淡看浮生的简洁了然。

大师走远，我和朋友用手细细地丈量着那不知何年何月的红色墙砖，走近右边古红墙，褐红的墙，高深悠长。站在墙角，忽地有穿越千年的似曾相识。若有前世，或许，我曾经来过，或者是皈依这里？仰望那一排排幽幽的窗户，忽然，心头忽然就想起陈妙常，怎么会这样？佛门禁地，怎么会想起，想起陈妙常？遂又想起陈妙常的一阕词——

那首无限缠绵的《西江月》：

"青灯闪闪，芸窗钟鼓沉沉，黄昏独自展孤衾，欲睡先愁不稳。"

"一念静中思动，遍身欲火难禁，强将津唾咽凡心，怎奈凡心转盛。"罪过，罪过，心里连连祈求佛的原谅，看了窗棂边院墙角的芭蕉叶，遂由不得自己又想，想着窗户中可曾一样有着一段美好的姻缘？在日本侵华无处躲藏的战争年代，有那么一个俊俏秀美的女子读过诗书，精通棋艺和音律，住在一个这样安静祥和的地方，爱着自己最爱的人……是的，一定是有的。

我哑然失笑，可笑自己忽然控制不住的天马行空。但遂又自我辩解：

佛门禁地，但我佛慈悲，佛会包容人间万象的，许多爱情诗句不是在寺庙里演绎流传吗？比如仓央嘉措，比如张生和莺莺，比如武媚娘和唐高宗李治，不都是一段寺庙千古爱情佳话。

笑着自己的好笑，和友人拍完照，走过漫长幽深的过道，过道尽头就是高高的青石板台阶，上去进入三空门洞，入了另一个清修僧人的世界，静默不言，轻轻地走过一圆孔门，绕过柴房，途经一院落，就出了寺庙的右侧小门儿，虽然是小门却也见一片明亮的开阔。

真的走出山门还需走过长长的红院墙，方是出口处。

山门外，映入眼帘是碧波绿水，平静的湖泊中间，曲廊回旋，白石玉雕，有亭子，有烟雨飘过，朦胧如见一古代清修的女子，静静地伫里湖水之中，临水而居，千年不语。只于清冷的夜，梳洗她青丝于水中。无舟船相扰，只有山涧溪水静静，穿过。

女子雕像于水中央，微笑不语，千年的沉寂，许是也有世人不懂的孤寂。

堤岸，百年古树绕道，绿树幽径，山涧叠泉，清澈水见底，有木桥穿过古怪树木横枝，山太高，难于攀爬，也累了。穿过最后的大殿，财神殿，走过一小路。

对面，有房舍三两间，有一人，一院落，长木凳，一矮矮的木桌，有茶碗两三只，不像寺庙房舍那般肃然，倒是像一普通百姓小院。

右侧三两方菜园子，绿油油的长满青菜，后面一小门儿。想必这是守门的人。忽然很羡慕这守园子的人，有陶渊明的世外桃源生活——

种豆南山下，草盛豆苗稀。
晨兴理荒秽，带月荷锄归。

道狭草木长，夕露沾我衣……纵然我，衣沾不足惜，但事与愿违，生于尘埃，如何放得下？还得回转尘世间，且还有心心念念的要去寻千年的铁塔。

与友人闲坐了好一会儿，喝了茶，谢过主人，道过别，和友人轻声地说说笑笑，走过湖水和密林宽而长的路径，很快就出了第二道山门，也就是最初的寺庙第二道入口处，登几步青苔路径来到最古老的铁塔山坡前——北面。

北面山脚，一尊大佛背山而坐，慈眉善目，观之，心静如水。伫立庙门前，我身后是错落有致、静默无声的塔，闲看，不远处，偌大草场不知何年错落有致地立有几座塔，似乎是守候那千年铁塔。远看，千年铁塔神秘庄重而壮观，竟穿过几百年的翠绿的树枝直入云霄了。

或许是这时太阳刚刚升起，想看铁塔最高层，竟然不能，看得我头晕目眩，不知是千年的佛光，还是阳光的折射下，金光四射。自是看不清塔顶。

忽然想起，据说塔身有2373尊小佛像。是了，怪不得我只觉得金光四射，看不清塔顶，千尊佛，千尊灵，佛光四射？一如月牙泉边的鸣沙山，据说，一日，有金光四射，佛光一现的法力。许是，许不是。只要大爱慈悲，普度众生的善念就很好……是否真有佛光，无碍。

用手摸抚塔身，厚重，几千年的冰凉，看铁塔菱角八面，每面都铸有海山、海藻、水波等，还有"八仙过海""二龙戏珠"图案。半锈的纹路却线条清晰、坚硬又柔美流畅。

菱角数过八面，摸抚着一尊尊身穿甲胄，体态健硕威武，佛的使者，行走万里，从印度古国，传经论道，漂洋过海而来。

仰望，塔穿越丛林，凌空飞檐，风中似有铃铛响起；穿越云层，叮当，叮当，在我耳畔，呼唤，我久违的灵。

是的，在呼唤我！金光四射，我，有些魔障了吗？想得出神，朋友却拉着我悠悠地走，不一会儿就到了初入山门庙宇的入口，忽听得谁在和我们挥手打招呼，细看，是早上的司机憨厚纯良地笑着说：

"二位玩好了？还没吃饭了吧？这里不好打车，待会儿还是我带二位去城里吧。"

这师傅真的聪明，赚了我们的钱，还让你觉得人方便了你。不过，人真的也是方便了我们，我和朋友正愁如何打车回去呢，心里感恩着暗暗欢喜。也许，在寺庙佛的面前，一切，都是存在着方便别人的善意吧，真可谓是大爱慈悲，相遇是缘，一切善缘和欢喜都是佛的旨意吧。

关于寺庙，关于塔，关于佛像铜钟，沉淀心中许久的情愫萦绕了我的清闲，我不曾皈依，不是于菖蒲上对着韦陀顶礼膜拜，而是，寻找些渴望已久，莫名，说不清心灵相依的东西。也说，来寺庙可以放下一切，可以静心。

在凤江,不必谈理想

◆ 文/柳约

早起,山中有一场小雨。

站在凤江的院子里,遥望远处的老君关,云雾缥缈,如临仙境。山峦起伏,树木一派新绿,经雨水一番冲刷,那绿色愈发炙热,似乎将要燃烧起来。

五月的村庄宁静但不萧条。豌豆藤上结满了豌豆荚,尚未生出的,也开满了紫花。一簇簇菖蒲、车前草,错落有致地点缀在道路两边的篱笆下。白天,植物们都在这块绿色的天地中沉睡着,而每当到了夜晚,就会疯了一样地向上生长。夜色是最好的掩护,将生命繁衍的过程一一略过不提。

有人只看结果。

在雨中,一声声鸡鸣,显得就有些突兀与聒噪。很多时候,一场经久不息的山雨,很快会将乡村的马路弄得泥泞不堪,以致车不得行。水势稍大,人人皆挽起裤管,为了防止滑倒,只有在野草上摸索着行走。随处可见的泥巴,紧紧跟在人身后,从鞋子到衣角,似乎,人们生来就该与土地这般肌肤相亲。

宝玉在夸林妹妹时说,和姐姐这样的人儿比起来啊,男人天生就该是泥做的。这情话说得漂亮,听得连那些花儿都脸红心跳的。

从女娲造人起,几千年都已经过去了,山中一场雨,就让人重新找回到了自己。

庭院里也不空虚。青竹与鸡冠花相映成趣,角落有一些植物的叶子永远是墨绿色,如祖母腕上之玉;还有一些植物的叶子是浅青色,如黄帝御龙时所着之新衣。有一种植物的叶子修长而宽大,比如枇杷,仿佛李白散发之扁舟;也有一种植物的叶子十分伟岸,比如芭蕉,舒展开来,就像航行在海里的旗舰。

油菜籽粒粒饱满,历经了三春的温柔雨露,果实终于在风中成熟,如今全都倾倒在田垅中,等待着农人的双手,来榨取春天里的第一滴新油。

炊烟从远处冉冉升起,燕子在堂前筑巢为居。

"列星随旋,日月递照,四时代御,阴阳大化,风雨博施,万物各得其和以生,各得其养以成。"

在凤江,不必谈理想。有时候,沉默是最好的倾诉。

凤江乡下的老家,有很多空荡荡的房间。

推开门,颇有几分置身于客栈的感觉。每个房间里,都有雪白的天花板,都有白色的吊灯,都有一张可供休憩的床。我想,漂泊的人到了此地,一定会以为是到了天堂。

只不过在夏天,天堂里蚊子很多,寂寞更多。但我想,真正喜欢漂泊的人，应该是不怕蚊叮蛇咬的，因为他们的心中，已经将春花秋月自筑为一座城。如同京剧里的诸葛孔明，正在城头观山景，已经习惯了寂寞。

凤江的存在，使得漂泊的人可以继续漂泊。

不管送别之人曾经有过多少次的挥手，都会有大山站在身后，替他们挡住那久远的年头。有时候，大山的作用，不仅仅是为了阻隔一些东西。同样，也能让人找回那失落已久的精神园地。

"我见青山多妩媚，料青山见我应如是。"

能有一个地方凝神静思是好的，不必悟到什么，也无须写出什么，这感觉本就无法用笔墨形容。

不知何时，阳光开始叩窗而入。面对着这样一个不速之客，你不知道他只是想小憩一会儿，还是打算待上一整天。当然，这些都不是你最想要关心的，能牵动人心的事情，永远与生命有关。

鸟鸣声依旧清晰可闻。还有树根底下，那只蛰伏了一夜的蝉。它用褪下的外衣，变化成了另一个自己，瞒过了一只黑猫的眼睛。

想起"金蝉脱壳"这个词语，手段看起来实在是高明。然而是阴谋总会有败露的时刻，在漫长的时光里，一些机关算尽的人，就好像那只蜕下了坚硬外壳的蝉。置之死地而后生的机会，往往只有一次。再碰到，就有失手被擒的可能。

"致虚极，守静笃，万物并作，吾以观其复！"

凤江在我眼中，就是一座荒原。如同语言一样，有着解放人心的力量。你离它越近，越能发现蕴藏在里面的，那些充实而美好的东西。

沿着凤江往上走，就是凤凰山。半山有亭，有书家在此留墨，斗大三字：景观台。

游至此处，大家身心多半已露疲惫之态，皆倚栏俯瞰。一条楝木做的栏杆，朱红色，横亘在山崖边，一路伸展着，渐渐成为大山身体里一道显眼的疤痕。

也许，当它一不小心被人放进历史，再慢慢从里面走出，一转身的时间里，几百年就忽忽而去了。但我相信，终有一日，这栏杆会褪去朱红的漆，磨平那些清晰的轮廓。

一条栏杆，既存在于现在，也将存在于未来。

许是雨后初晴，山间的云海就显得格外壮观。先是白，白茫茫一片真干净，然后才看到白色的云层在风中翻滚着，吞噬了山峰，吞噬了道路。满眼满耳，只有一张白玉床，平躺在了天地间。

人与山的区别在于，山的伤口，终会被时间愈合，而人的记忆，却总会被时间所磨灭。

我想，在人身上，不管发生过怎样曲折、惊心的往事，所背负的，也永远不会比山还要多。这种感觉，在我去擂鼓台，去燕翔洞，去金丝大峡谷，去武当山，去张家界的时候尤为强烈。人只有在行走中，生命才是流动的。那些自然风景，那些人间胜地，虽然被注入了太多后天斧凿的痕迹，但显露出来的，仍旧是历史的真身。

是一种大气。如对一扇封闭的门，时过境迁，突然在此时被轰开。

在无人的时候，群山尽管沉寂，却总会将过往的飞鸟吸引住。而你，幽居于此地，终日聆听着一座山骨头缝里流露的沧桑。在一场雨后，打湿的灵台深处，却涌起了小道人一着饶天下的情怀来。

雨后，在凤江的小楼里，打开一扇窗，对面青山隐隐，藏不住太多的绿意。

柳暗青烟密。

仿佛置身于一座花蔓当檐的草房子里，高处有莺啼，低处有蝶舞。有一双手，借以调素琴；有一双眼，拿来阅金经。

等到苔痕上阶之时，这天，似乎就不那么热了。

房间里，抬眼望去，仍是雪白的天花板。不过桌边，有你的信到了，就好像忽然多了一碗母亲端过来的鸡汤。

子曰："予欲无言！"子贡曰："夫子不言，则小子何述焉？"子曰："天何言哉。四时行焉，百物生焉，天何言哉！"

——莫来问我凤江在何处，夫子既不言，小子何述焉。

第五辑

人生卷　流年印记

做一朵凡花，优雅独芳华

◆文/莲韵

时光，轻轻穿过薄春的清寒，在阳春的三月里静静地舒展。听，陌上清风，细微而温柔，多情而婉转。待到，暖暖的春风将万物唤醒，眼前，又是一派桃李芬芳的旖旎美景。

喜欢，做一个安静的女人，寻常的日子里，徜徉在一本书里，在别人的故事里感动着自己。或者，剪一段春光静美，挽一束阳光明媚，文字里写意，淡淡的香茗一杯，静静地与时光对饮。

朝看晨曦，暮浴夕阳，春来赏花，秋望水长。日子就这样简洁明朗，日复一日、年复一年地如水流淌，一颗尘心，历练得越来越安宁，越来越单纯。不再抱怨，不再沾惹纤尘，只愿静静地细数着光阴，安之若素，重读岁月的温润。

一座城，一个人的安静，与寂寞为伴，与文字结缘，轻舒一段岁月的清浅，许一世的安暖。隔着红尘的距离，打捞起满心的欢喜，于半亩心田里，放飞内心的恣意的思绪。

指尖滑落的只言片语，都是岁月留下的馨香缕缕，若能依着阳光栽植下那些美丽，定是一片无与伦比的葱茏如昔。

记忆，或深或浅，思念，或浓或淡，岁月，或近或远。

总有一些美丽，曾经深深地烙印在心底；总有一束明媚，曾经温暖了一段历程；总有一段时光，曾经谱写了人生的辉煌。

心意阑珊，情思缱绻，如午后的暖阳，带着些许温暖，些许朦胧，些许恬淡，静静地掠过眉黛弯弯，似一只蝴蝶的羽翼，美丽而凄婉。

一直喜欢一种女人，娴静而内敛，气质典雅而不孤芳自赏，知书达理而不盛气凌人，豪华而不娇纵，优雅而不失风趣。有着一颗琉璃般清澈透明的心，腹有诗书气自华，聪慧睿智，温柔善良，举止优雅，端庄大方。

这样的女人，不一定拥有闭月羞花的容颜，但一定是气质如兰，温婉如莲，兰心蕙质，人情练达，知性成熟，从容淡然。举手投足间，犹如春风拂柳般温文尔雅，让人赏心悦目。

丰富的内涵，阅历的沉淀，使其韵味十足，魅力无限，像一杯美酒，令人沉醉，回味无穷。

捻一指清风于陌上，待莺飞草长，蝶舞飞扬，静静地守候一段春暖花开的好时光。走过了一季的苍凉，辗转了四季的风光，唯有情留在心上。

烟雨红尘，守住一颗宁静的心，携一份淡然，悠然穿过烟火流年。时光越老，心越坦然，再也不去理会功名利禄的诱惑，再也不去计较那些无所谓的流长飞短。不管世事多纷乱，都与我无染，自有心灯一盏。

心存善念，那是人间最明媚的温暖，人有慧根，便是世上最美丽的绚烂！

时光静好，岁月妖娆，风雨人生，且歌且行。

抛却一切杂念，于凡尘中静守一份安宁，悠然前行。小酌浅唱，留一份美好温润心田，把盏言欢，让幸福、快乐永驻心间！

人生的脚步，总是来去匆匆，山一程水一程，疲于奔波，忙于追逐，追逐着雨，追逐着风，披星戴月，日夜兼程。而忽略了旅途中美丽的风景。

其实，人生的目标不是一味地赶往终点站，生命的意义在于享受的过程。学会用静水深流般的心情，去欣赏姹紫嫣红的旖旎美景，去触摸白云悠悠的湛蓝天空。

流年如歌，学会在宁静中沉淀自我，于简洁中领悟快乐，小桥流水的生活，揽一份诗意，多一份懂得。漫漫红尘，留一份执着，留一份纯真，无愧于我心。

只有心静了，才能听见花落的声音；只有经历了，才知道生活的静美；只有醒悟了，才明白生命的珍贵。

女人如花花如梦，做一朵凡花，笑迎春风，淡然的安静，优雅的从容，以不同凡响的姿态，摇曳在红尘中。

花开不为谁红，花香不为谁浓。

不惊不扰，不骄不躁，心无杂念，寂静温暖，淡淡清欢。无论世事多繁杂，我自优雅独芳华，给自己一个笑脸，平凡而简单，无悔亦无怨。

如水的光阴里，用一颗素简的心，感悟着流年，采撷一抹绿意，描绘心中最宁静的画卷。

用自己的色彩，怒放生命最璀璨的绚烂！

繁华之外，看一场文字的烟火

◆ 文/花谢无语

> 当文字所表达的意境越来越含糊时，那么，即便你用尽了全力书写，也只不过是在写一段无趣的日常乏味。慢慢地，你终究会因此丢了与文字的这一场情分！莫不如，就当花开花落是一出戏，你只管看她春夏秋冬地演绎，不入戏，只看戏，末了，在曲终人散的角落里欢欢喜喜地认领回自己。
>
> ——题记

光阴的浅淡之中，有颇多情绪在燥热里熏蒸，云朵在远山之外，清风不起，梅雨不来。窗外，芙蓉树的花期已然从鼎盛开到了尾端，零碎的花絮如凋落的胭脂，寂寂散开。目光，穿过屋脊，穿过草木，穿过远方升腾的热浪，有暗火，有聒噪，有不安的等待，让人无法安静地敞开心怀。多想，有一场雨可以温润了心中的眷恋，让时光可以渐渐柔软，而所有关于雨的消息都是那么的遥远，某种印记，也仿佛停留在了指尖与脸颊，独自徘徊。

岁月，就是这样，恍若是刻意的安排，思绪在尘里，时光在尘外，你想要的那种期待，怎么等都等不到，最后，也只是老在一场烦嚣之中，寻不到最初的花开。于是，会不时地感慨，曾经那么春花艳丽的情怀怎么就输在了时间的筋骨里不复重来？

清晨，依旧早早地醒来，会不自觉地望着窗外发呆，想，那风花雪月的故事里究竟有多少片段已经被尘沙掩埋？一朵花捻不起，一池水掬不起，一颗心伤不起，一个人等不起，岁月留给我们的终究是一场空欢喜。如若，将这些若有若无的心绪修修剪剪，假装，多少故事都与自己无关，我只是个不经意走着的过客，仿佛，只待蝉儿轻唤，那些琐碎便可应声而落，再也不关情爱。

总想，在心里腾出一片空地，种花，种草，种些许的诗意，种一生的好光阴，然后，我静坐在竹篱笆外，看东边云起，看日影西斜。只是，某一时的心绪总是杂乱无章地生长，而某些记忆也总是在时过境迁之后才顿觉深刻，原来，红尘也只是不断地行走，不断地辜负。多少岁月，只是繁华的一场交集，风来听风，雨来读雨，把每一种偶遇都当作是成长的经历，一平一仄的累积在文字里，不需要铸就华篇，只想修身养性，依着光阴里兀自老去。若干年后，不知会否有人念起，那诗意环绕的女子，也曾将桃花开满眼底，只待，你来风和日丽地记起。

佛说，世间一切修行，无非就是为了让心求得一种圆满，清水煮墨，春雨煎茶，小桥流水，竹屋人家，无一不是禅韵，是造化，放眼这诸多美好，便如尘埃里开花，唯懂得修缮心绪，才可自成风景，鲜明与睿智。

看某一段文字，里面有迷离的烟火，合拢，又涣散，一如那城里的月光，在人潮稀少的夜里闪烁。只是，那烟火味是乱的，好像一个人的灵魂没有目标地游荡到荒草成堆的原野之上，于是，开始借一把野火乱乱地烧着。这让我忽然想到孤僻两个字，孤僻到心事静静地延伸，孤僻到无人可以懂你的哀伤，就好像，一个人走入一场昏黄，越走越迷惘，因为，总担心遇不到那份想念的目光。

她说，如果有一天，你也懂孤僻，你会觉得，那是多么幸福的事。我说，孤僻是一种生来就有的性格，不往嘈杂中去，不贪浮华中景，所有的过程都是一种自我完善，都是在孤僻中寻找一个缺口，来释放温暖。正如我眼里的人生，是可以将心事静静地停靠一边，然后，每天在最好的时光里打坐，将所有的浮躁都清减、沉淀。那样，你会感觉整个世界只剩下呼吸的声音，所有的专注都是一种美妙，一种云淡风轻。原来，懂得生活，才是最美的修行。

偶尔也欣赏别人的字，那些小文字，小巧得好似一个女子，从烟火的味道中走来，不言语，不嗔念，恍若任何俗事只是一忽间过眼，一颦一顾都是极其素净与欢喜。很多字，雕花小篆一般的轻盈，如雨过花朵上留下的新露，又如盛夏荷塘中灵动的晨曦，不媚不俗，好就好在那一个时间节点上，怎么揣度都是一种花明月净的美。

友常说："你也可以多看一些当下流行的书籍，让自己在别人的文字思路里获取到更多的华彩，从而完善自己，那样你写出来的字当是又提升了一个高度。"只是，我眼里所说的喜欢，仅仅是用来欣赏的，那是属于别人的模式，我写不出。或许，我生来就不是小家碧玉的女子，骨子里有着北方的豪放与宽广，所以我也从不要求自己去模仿。因为，每个人都是独一无二的,有着自己看世界的眼神与态度,我只想用心做好自己,花开明媚,花谢不悲,这才是无可复制的魅力。

好像,某一种思绪早已不再是青藤般地缠绕在心上,而那种日月累积的洪荒也不再是无边的旷野,待风一吹过便开始莺飞草长。一切,停息了喧哗与忧伤,静静地安放在一首小字里红袖添香。岁月,只是用无比的隐忍割舍着一段又一段的梦想,在诗歌里泅渡,在花香里氤氲,在落絮中纷飞,在水色中生长,然后在盛夏时节,轻启尘封许久的时光,让季节与风的耳语都在细微的叶脉间肆意地张扬,如月圆之夜的湖面,只有清波卷起层层叠叠的细浪。

人生,其实就像是一盏茶的芬芳,倘若放下嘈杂仔细品味,那种入心入肺的恬淡便可以让神思清宁,千头万绪都通顺有章。好比在一页书里读到的那句:爱一朵花,陪它盛开。如寻常日子里熏蒸出来的细碎,在指尖中温柔,在笔墨里欢唱,清风吹过,便是那么浅,却又那么香。日子,一天一天重复,年岁,一月一月荒芜,何不,做不动声色的女子,静静感悟所有事物给心灵带来的温暖,如同岁月醇香的杯盏,只要懂得快乐,便可以不薄待,不辜负这如花般盛放的时光。

当某些记忆,还执意站在季节的躁动里,试图,用一平一仄的文字,安然走入诗歌的呼吸。恍若,我就是,那只顾对着美好莞尔的女子,却总是不小心,被满池荷韵看出了端倪。恰似那年春,一个人走在风里,遇到桃花满眼的情意,那是,内心无法隐藏的欣喜。朱成玉说:"人生有些事,别怕与人分享、分担。快乐也好,忧伤也罢,都不该一个人来唱独角戏。"其实,生活本就不是慢慢行走的时光,既然入不了心,也就不再去演绎，那种真真假假的承诺最后都交给了时间去忘记。

这个早晨，我在修整心绪，朝北的窗子大开着，于是，可以听见风强劲的飒飒声，仿佛，是正呼啸着掠过秋天的田野，各种青翠与鹅黄一路夹道相迎。

阳光，依旧照进来，如这世界最坚贞的表情，有最纯朴的安静，让你，即便隔着千风也能清晰地认领，或许，那才是眼中恒久的欢喜。

流年印记

◆ 文/云水禅心之梦

街角，新开了一家叫作"流年"的咖啡店。老旧的窗口，光影斑驳，里面跃动着尘世的缤纷，青绿的藤蔓爬满了木格子，好似有一个个幽深的故事居住在里面。我不知道，会不会有那么一个人突然出现在这里，不说从前，不说想念，只道一句：好久不见！

流年划过街角的记忆，深埋了那些破茧成蝶的裂帛之痛，独留下了细水长流的光阴和山长水远的人生，于时光深处，我把那些厚厚的爱轻轻地珍藏。青葱的时光，懵懂的岁月，最简单的快乐，都在红尘里渐次重叠，我只想将最单纯的微笑呈现。

风住沉香，眸光流转，站在轮回的老巷口，我不去诉说这季节的薄凉，也不去探寻这尘世的冷暖。我只是，怀念一段美好的爱情，只想折叠一朵老旧的光阴入梦。然而，在久久不曾忆起时，我才惊觉时光的飞逝竟是这般无情，匆匆间，乱了浮生，换了流年。

夜色阑珊，周围安静得似乎可以听到时光远去的声音。日子周而复始地平淡，也许，我们总是在喧嚣过后，才懂得躲在角落里怀念那些曾经的心情、难舍的时光。许多的记忆，已悄然消逝，却总是有些零零落落的断章，安静地存在着，就像一首无须想起却永远也不会遗忘的童谣，抑或是一首蒹葭苍苍的青词，一直在心底盘踞。

走过流年的窗口，才发觉时光里一直沉淀着美好。一些人，一些事，都在记忆里若隐若现，朦胧中的那些幸福，那些忧伤，也仿佛在一瞬间，就度过了光阴。不经意间，就这样又走过了一季。当季节在身边无情地滑过时，那些曾经的岁月已消逝在指尖，任凭风雨飘摇，却再也追不上岁月轻盈的脚步。

时光如莲，静吐幽香，浓淡相宜，素净清芬，流年的脚步在岁月中清浅，从容而优雅。

闲时，睹书泼墨，倚楼听雨，青梅煮酒，禅园听雪，日子清宁若水。这便是尘世中最简单的幸福。

平淡的流年里，把爱折成经卷，背起禅的行囊，行走在喧嚣的红尘陌上，采一朵岁月静好，安然地品读人生，享受时光，感悟生命。

许多事，经历了，才能懂得；许多梦，沉淀了，就是美好。

人生，无非就是以两种姿势生长，要么和他相守于红尘，要么和他相忘于江湖。流年的光阴里，那些飘到云端上的梦，那些低到尘埃里的花，那些天涯海角从此不相问的骄傲，悄悄地遗落在时光里，当经历了一场场秋叶静美的从容后，只剩下宽容与珍惜。

生命，究竟需要经历多少风云变幻和桑海沧田，才会日渐饱满？许多曾经纯美的事物，都长满了青苔，任凭时光的手如何用力，也不可能回到最初的样子。岁月把重门深掩，纵然是万里河山、千年盛世，也会随着时光的流逝而逐渐模糊，留下命定的痕迹。

总是在蓦然回首之时，望着那些走过的路，遇见的人，如同滔滔江水，不可逆转，因此学会了释然，懂得了随遇而安。

这世上，总有一些东西，不死，亦不老，譬如爱。

叶芝在诗里这样写道："当年华已逝，你两鬓斑白，沉沉欲睡，坐在炉边慢慢打盹，请取下我的这本诗集，请缓缓读起，如梦一般，你会重温，你那脉脉眼波，她们是曾经那么的深情和柔美。多少人曾爱过你容光焕发的楚楚魅力，爱你的倾城容颜，或是真心，或是做戏，但只有一个人！他爱的是你圣洁虔诚的心！当你洗尽铅华，伤逝红颜的老去，他也依然深爱着你！"我时常在想，如果一切都变老了，我们是不是，还会有当初那最美的年华的美好？是不是，还能坦然地微笑？

世间的聚散离合，命运的起起落落，都缘于一场缘分。有的时候，刹那便是永恒，转身便是陌路。蓦然回首，苍老的是岁月，永恒的是深情。

一直相信，有一种缘分，经年以后再回首，终是无悔。我站在时光的原乡，不曾走近，也不曾走远，为爱安然守候。

相信，纵使光阴会老去，人亦会老去，但最诚挚的爱不会老去。岁月老去，情怀依旧。我知道，你一直在时光的另一头，静静地守护着我，即使白发苍苍，容颜迟暮，你也会牵我双手，倾诉温柔。任万千红尘，在我流年的光阴中流过，唯有把爱留在你的世界里，一生一世。

喧嚣的世界，这时却如此安静，我的窗外繁星点点。一直都是个安静的女子，在最深的红尘里守着某些东西，守护着最初的美丽和欣喜。我知道，时光会记得，那些始终如一，那些锦瑟年华里的美好，某些东西，深藏在心中，永远也不会老去，从来都不会忘记。

任流年阑珊，在心底静静流淌。那些淡淡萦怀的温暖，那些不经意间想起的笑脸，那些不期而遇的温暖，明媚着流年。时间，让情感一点点堆积，岁月沉淀了所有的记忆，让过往的幸福成为一种永恒。那些流年深处的情长，且让我从容着，优雅安放。回眸，我依然是红尘中那个独自清凉的女子。

光阴的转角处，与流年相逢，约时光对酌，与你淡品春秋，静守冬夏。我想，这世间，灵魂的相守，便是最好的懂得，也是生命馈赠于我的绝美的风景。

流年的埂上，我在你的目光中静寂欢喜，你在我的守候中天长地久。铺几页素笺，将你我的故事，写成一阕青词，装裱在流年的扉页上，用平凡的幸福雪藏。那些滋生的记忆，那些暖，渗透岁月，穿过时光，温润了流年。

极喜欢这安稳的日子，一点灵犀，一种守候，漫过生命，温暖了季节，温柔了时光。红尘漫漫，逐渐学会将琐碎的日子过成一首诗，一朵花，一杯水。简静岁月里，把心妥帖安放，一半浅喜，一半深爱。笃定的守候，绵延着一季一季的深情。

那些曾经以为会永远都无法释怀的往昔，早已风轻云淡。往事在似水流年中逐渐地淡薄，只剩下一道浅浅的属于记忆的印痕，还悄然地刻在心上。花开有时，花落无言，无须留恋，该走的终须会走，一切随缘。岁月轻轻走过，缘分来来去去，若是有缘，我相信，该重逢的总会重逢，那是生命枝头的一抹姹紫嫣红。

不再计较拥有得失，行云流水，去留随意，看山是山，看水是水，洒脱而从容，寂静地细数着岁月明朗通透的美丽。眼眸里的晶莹，也如这般清澈。

清风缭绕，温一盏岁月，暖一场遇见，抬头仰望幸福，站立成倾城的姿势，在流年的渡口摆渡红尘，把爱堆积在岁月的花瓣里，编织着一朵朵生死相依的梦想。

煮一杯流年的咖啡，细细煮，慢慢熬。煮透所有的喜怒哀乐，熬尽所有的繁华沧桑。细碎的光阴里，你依然陪着我，直到我们的房前长满花草，屋后种满了蔬菜；老去的时光里，你从未离开过，我一直守着简单的幸福，直到流年把容颜苍老，直到死亡把我们隔开。

烟火人生

◆ 文/烟雨初霞

1. 惑与不惑

有人说:"四十而不惑。"是说,人已经过到了中年时光,应该业有所成,不会因为无业而有所困惑,并对人生或者事业有一定的把握和理解。有安顿下来,车归库、船靠岸的感觉。

有时候会偶尔翻开少年时期的记忆,去领会一下当初理解不了的问题。比如妈妈经常说的"装得像,吃得壮",经过了一些事情,终于恍然大悟了。就说"装得像",当初我读书时,经常心不在焉。读天书一样搞不开语句,妈妈就给我放广播,说:"听听话匣子里的姐姐普通话说得多好,你也给我装一下,读读她的调法。"装着装着,普通话就装得这样满意了。

妈妈还说:"女孩子要文气气的,坐要怀中有书,站要兜里有笔,走要肩上有包。"领着我跑十多里地去乡里看电影,说那民国时候的萧红、张爱玲、林徽因,说当代的丁玲、冰心,说她们的文人气质,说她们的勇敢才能。说:"女子,做不了轰轰烈烈的事,也要装得一副好女相。""装？那不都是假的吗？"可妈妈说："装着装着就真了。"可不吗，我就装着装着就喜欢这样的气质了，装着装着就自然而然了，也多多少少沾染了所谓的"文气"。

与他的不和，是因为对一些问题看法的分歧，都非常有个性的我和他在某些比较原则的问题上倔强着互不相让，各持己见，各自开辟着经营的领域。慢慢地，分多聚少了，在一起了，话却少了。妈妈说："女子是生活的调味剂，你加了油就香，加了醋就酸，加了糖就甜，加了黄连就苦。家里常有人来人往，话一定要说，爱一定要秀。出门时不要拒绝拉手，女人永远不要拒绝自己男人的殷勤。"她老人家最后追了一句，"即使装，也要装得像！"多少个日子，我"装"着去忍让，装着去做所谓的和谐安详。就这样装着装着，就看见了我们的初见，就和谐和睦成了我们现在一举手一投足都彼此懂得的模样。妈妈话语里那些曾经的"疑惑"，都迎刃而解为解决问题的途径，是行动感染习惯的力量。

"四十而不惑"，猛然回首，该是到了不惑之年了。该执着的就不要闹气了，已经没有好多的时间可供我们去浪费了。该追求的就别碍着面子了，投入进去吧，全心全意，把日子过成亲人的融融暖意汇集的爱河。该放下的就放下吧，从一念到心底那一角，彻底地封存一些痴和缠，和值得珍惜的人和一曲琴瑟相合。

"不惑"，不能说是醒悟了，因为从不曾迷失了什么。不能说是回归了，因为一条和你一起走着的路，即使脚步有歪有斜，却从没有下辙。是安静了，心中有了岁月沉淀下来的沉着，那份禅意，那种恬淡，是经过岁月的洗礼后而呈现的纯澈；是时光酿下的一味香醇的美酒；是安详了，不再凛冽，不再逞强，不再固执，不再轰轰烈烈，风风火火。茶香里喝出人生况味，那是山水都看过后的知情、知性，是千帆都过尽的归航时刻。

守一方城池，"宠辱不惊，看庭前花开花落；去留无意，望天上云卷云舒"。我们都是凡夫俗子，看不穿前生今世，惹不起爱恨情愁。少去惹一些解不了的"惑"，在懂得里拥抱生命的意义，书写人生的瑰丽篇章，谱写红尘烟火胜境的凯歌。

2. 夜雨

雨，刚入夜就下了起来，细细的雨丝，听不到一点声响。坐在屋内，把玻璃窗打开，一缕秋风造访，夹杂着茉莉花的淡香，凉凉的，很清爽的味道。

你说，人就是很奇怪，冷的时候盼着暖，当暖够了，热透了，就又盼着清凉。凉着凉着又该冷了，往复循环，就这样四季轮回着，不知不觉就老了。想来岁月也是经不起长长久久的一个季节走到底的。人都有劣根性，太熟悉了就厌了烦了，有时候不是喜欢哪一个季节的缘故，而是求一个新鲜，换一种生存环境，有时也就为了想换穿一下柜子里新买的衣服而已。就比如这雨，第一天的感觉很惬意；第二天的感觉很诗意；第三天就会感觉有点失意，到不了第四天你就会从环境到心底都感觉是湿漉漉的，思想和天空一样阴沉沉的，有点儿抑郁。

我坐在窗前不语，看着你把电视节目换过来换过去，最后干脆关掉，煮了两杯蓝山咖啡，用小托盘端着走过来，推给我一杯，郁郁的男低音："没加糖！"我低头看看泛着热气的咖啡，再看看有点儿烦躁的你，轻轻地把手压在你的一只手上，你没有抽开，另一只手放下端着的咖啡，轻轻地摆弄着我手上的戒指。"还是戴着这枚？怎么不戴那枚钻石的？我给你买这枚金戒指的时候还没有钻石，这个时候看着这个扁扁的心形好丑。"

我笑了笑："你给我买的所有戒指中，我独爱这一枚，虽然它不是新款，虽然它从商品角度来说抵不上其他几枚贵重，但它的本身的意义，远比任何一枚都宝贵。看见它就想起了我和你的初见，就想起你求我嫁给你那一刻，单膝跪地的你，是那么虔诚，那么真心真意。"你定定地看着我，神情里有点怜惜，仿佛又有点想起了什么，握紧了我的手，那么紧，握得我有点疼。雨，下得有点大了，屋檐下有水滴打在石板上的声音。不紧不慢合着我心跳的旋律。

我站起来，从烤箱里取出来我烤制的点心——两个慕斯，两个蛋挞，两个扯着手的小面人。你端详着两个小面人，没说话，良久，走到我跟前抱了抱我的肩膀，拍了拍我的后脑勺："丫头，头发里有银丝了。"我眼圈红到了眉头，深深埋进你的臂弯里，不让泪流出。雨还在下，有几滴隔窗飘进来，凉凉的，你趁势拥紧了我。

转眼就已是中年的人了，哪还分清楚"哪面是你，哪面是我"，多少岁月的磨合，打平了各自的棱角，然后融合，过着相濡以沫。早已是"我中有你，你中有我"，即使将来，厌倦了红尘，舍弃了人间烟火。唯和你最终还要走入同冢同穴。

呵呵，又有点儿煽情。

开门，打一柄伞走到那棵枝叶繁茂的香槐树下，拾了一把小小的落花，那花儿虽然被雨水淋过，却依然香如故，一如那年你给我穿的那串素白槐花的味道——清香、淡雅。多少年了，这种香，就好像嵌入了脑海，与味觉绑定了似的，只一嗅，就醉了……

不知不觉夜就深了，咖啡尽了，点心也净了盘。雨仍然下着，无声无息，它滋润着树木，树木收留着它，相依着，安静地睡在夜幕下。

3. 关怀

中秋的早晨，微微凉，一件单薄的短袖旗袍已经不足以抵挡秋寒，你翻箱倒柜找出几个披肩，一个真丝印花的，素素的底色，几片绿叶，几串红嘟嘟的秋海棠，媚了些。你说，这件二十多岁时配那件粉红旗袍正好，喜欢看我妖妖的模样，一如出尘的民国少女，骨子里有股向往新生活的冲动，却走不出被禁锢的圈子，是新思想在旧思潮下反抗似的动荡。

我笑了笑，少女的情怀，谁又能猜得透？那种对未来的憧憬，谁愿意去了解，谁就会身不由己地陷入，就如他，一朝好奇，就从未走出我的思想。

还有一件朱红带格子的，梅花绲边，有长长的边穗，羊绒质地，柔软舒适，从颜色到材质都讲究了不少，有种成熟稳重的感觉。这个是在云南大理买的，当时手工织锦师极力推荐的款式，据说是当初的"小龙"都有此款披肩，令某男为之一生疯狂。

你说，你不喜欢这样的华贵，更不喜欢满肩流苏，很不稳重的张扬，买下它，只是想当我坐着时用来搭搭腿，你看到好多中年的女子有腿疾，怕我腿寒影响了健康。为此，我感动了好久，不说价值多少，单凭这份心疼，我这辈子也算没跟错人。

你又拿起一件油绿底色,有几朵白色莲花点缀的棉缎织锦,走过来披在我肩上,正好与我这件青色棉麻质地的旗袍相搭。你说,最喜欢看我这样的烟火妞的模样,一头黑发盘成刘海锁辫式松髻,是标准的小妇人模样,与我的"懒散"气质相合。熬一锅百合莲子粥,炒仨两拿手好菜,再烙几张葱油大饼,过着标准的人间烟火的日子,也算是小市民式的幸福安康。

　　我说的佛禅,还有那文人墨客的道场,也不过是文字里的清欢,一种追求空泛的幻想。走进来是红尘,走出来是禅境,一边烟火,一边佛禅。一番相宜静好的幸福生活,来自你的殷殷关怀,我的深深依赖。

　　人到中年,回首两个人就这样牵着彼此,侍弄着生活中的琐琐碎碎,一路磕磕碰碰、分分合合地走过来,虽没有感悟出多么深刻的人生大道理,但在相濡以沫的生活中,也懂得了互相谦让,互相包容,才能使感情维持到心魂合一的境地。那些隔岸观花的虚幻,都化作一缕轻烟,在看山是山,看水是水的意境里渐渐飘逝。不再疑惑那些见与不见,遇或不遇的怪事,在一朵花里看出人生的大美,也不过在开谢一瞬间,尽力开好自己,只有自己首先爱上自己,才能让别人更喜欢你。怀一颗善良、感恩的心,且歌且行,且行且珍惜。

独坐寒秋

◆文/西凉雪

更加喜欢一个人生活了。就像这正在一日日萧瑟的秋天，卸去繁华，卸去隆重，卸去一切的庞杂和喧嚣，一日日沉寂下去，迎接那个沉默的、宽阔的、白雪皑皑的冬天了。

秋越深，爱之越切。眈着，树上的叶子一片片地落了。看着浓郁的山岭，一点点荒芜起来。山、树、水，都回到了本来的样子。

去读德富芦花："霜降了，朔风四起。园中的红叶，门前的银杏开始飘落。落叶白天掠过书窗，疑是鸟影；夜晚扑打屋檐，仿若夜雨。清晨起床，见满院落叶。抬头望去，枫树枝头枯瘦，遍地铺满锦缎，昨夜的朔风将树叶吹得只剩两三片，三四片，孤独地沐浴着朝日。昨日的银杏还似金色的云，今日则面枯骨瘦。片片残叶好似晚春黄蝶，四处零落的模样令人哀怜。"好的文字，真是没有边界，虽然生活在不同的国度，但文字的气息却如水弥漫。

阳光温暖。大片的明亮，投进活动室内。不远处的树林里，瑟瑟秋风已将树梢的叶子完全扫光了，正如德富芦花说的那样，四处零落的模样令人哀怜。回过神来，社团的几个孩子，正在用心读书。阳光洒在他们的身上，孩子们年轻的身姿，沐浴在一片神启之中。正值青春的孩子们，男孩子岸然挺拔，女孩子文静秀气，都在静静地读书，阳光、时光、知识，一点一点渗入，他们就像一棵棵小树，拔节生长。

恍惚中，还是三十年前的自己。正坐在破旧的教室里，手里握着一本《普希金诗选》静心诵读："假如生活欺骗了你，不要悲伤，不要心急。忧郁的日子里需要镇静。相信吧，快乐的日子将会来临。心儿永远向着未来。现在却常是忧郁，一切都是瞬息，一切都将过去。而那过去了的，就会成为亲切的怀念。"那时，我们将这首诗抄在每一本书的封面。青春的迷茫，让我们觉得未启的人生，就是一场不可预测的苦难，每一步都会让人受伤。

而如今，在经历了人生的悲欢离合之后再去回顾，那时所谓的苦难，只不过是"少年不识愁滋味"的一点孱弱忧伤罢了。凝视着安静读书的孩子们，心里揣测，青春如他们，也有无法言说的苦恼吧。比如，学业的艰涩难懂，青春的迷茫无助，得与失之间的困惑和痛苦。只是因为年轻，一切就都有可能开始和重启。而所有的开始，都会是一次远旅。远行途中，旖旎的风光，不测的风雨，都将是对他们的一次次洗礼。

比起那时的我，他们真幸福呀。有这么多的书，毫无限制地让他们读。还有大把的时间，等待着他们走过去。只要还年轻，就有无限的可能。

手边，有一本伍尔夫的《一个人的房间》。据说，每一个学习写作的女子，都应该读此书。但几次打开都没有读进去。也许，自身的学识和修养还没有达到和这本书产生共鸣。人与人，与书，与物，都是一种缘分。有一天，幡然醒悟，会有一种醍醐灌顶般的明了。但现在，只是一种简单的行走。某些境界，或能到达，或不能至，顺其自然，不便强求。读书，写字或是思考，只是认真地做着就行了。

伍尔夫在书中说，每一个写作的女人，都应该有一所自己的房子。当然，她说的房子，并不是实际意义上的房，而是指一个心灵的自我空间，一个完全属于自己的世界。这对于一个生活在现实社会的女人，是不易的。一个人只要你还活着，就与这个社会有着千思万缕的联系。要想超脱世外，除非，你有一颗坚强的心。那个离群索居的梭罗，是冲破了多大的社会压力，才为自己创造了一个心灵的栖息地——《瓦尔登湖》，写出了这部不朽的传世之作。不是一个内心真正安静的人，是读不懂这书的。就像我，几次拿起，又几次无奈地放下。常常，眼睛在一行又一行的字间来回穿梭，心却在天地之间神游。

对于一个有志于文字的人来说，有一颗安静的心灵是多么的重要啊。安静了，世界就清晰的地走到了你的面前。悲欢离合，阴晴圆缺，只不过是人生的一点过往。你的内心博大精深，宽容慈悲，生活和人生将都美好起来。

曾有一个阶段，认为自己看破红尘了，也能悟道参禅了。言语之中，句句禅机，自认为思想已达到某个高度。可是，某一天一场不堪的经历，却将一向清高的我，一棍子打回了原地。原来，俗世男女，终究也逃不了吃喝拉撒，油盐酱醋的琐碎，爱恨情仇的折磨。即使自己的内心再向往一个高雅美好的世界，现实中的某些龌龊，还是令人一瞬间触到生活的坚硬和疼痛。而不得不低下身来，在尘世中卑贱地活着。

为了躲避内心的慌乱，只能去读书，养一些花草。希望在圣贤的书里，在花草的淡然里，得到某种启示。让自己也像一朵花一样，知冷暖，懂寒暑，自然平静地走完余生。

不断地从花市买来一盆又一盆的花。有些，不久就死了，有些顽强的活了下来。一盆月季，从春天养到冬天。开了三次花，尽管每次的花朵只比手指头大不了多少。毕竟，是自己养的，无论怎样，都是好的。就像自己写的字，尽管思想肤浅，唠唠叨叨，有时还有错字错句。但还是要写下去，毕竟这是自己的一个梦，总是要做下去的。寒凉的日子里，煮字疗饥，隔窗听雪，用文字编织一个又一个瑰丽的梦。

想起了一个女子。在千年的光阴里，幽幽长叹："寻寻觅觅，冷冷清清，凄凄惨惨戚戚。乍暖还寒时候，最难将息。三杯两盏淡酒，怎敌他晚来风急？雁过也，正伤心，却是旧时相识。满地黄花堆积，憔悴损，如今有谁堪摘？守着窗儿，独自怎生得黑？梧桐更兼细雨，到黄昏，点点滴滴。这次第，怎一个愁字了得！"家愁国恨，飘零的人生。这些，都与她的人生相遇。只有一支笔，才是自己最好的知音。

在一个雨夜里，读白落梅的《因为懂得，所以慈悲》，再一次触摸那个孤独而寂寞的灵魂。只因为一个多情浪子的懂得，就低到尘埃里，一生不肯回头。年老的时候，一个人独居他乡，过着离群索居的日子。像一朵花，一生只为爱自己的人，尽心开过一次，就够了。有的人，一生陪着，并不觉得。有些人，来过一次，即一生。

相知的生命，惺惺相惜。江南女子白落梅，散发着蓊郁湿气的文字里，遇到了百年前的那个孤独灵魂。在文字里相遇，是一次多么浪漫的相知啊。去一家叫转转火锅店吃饭，几十个人，围着一个大大的转盘吃。喧嚣之中，却又透露着丝丝凉意。每个人的眼睛，都盯着自己眼前不停转动的菜盘。满眼的美味，自己喜欢的，就那么几种。生活，也是一盘菜，你只选择自己喜欢的方式就行了。

夜里，缩在大床一角看书。字里行间，似乎还能看到自己年轻时的模样，但揽镜自照，的确已不再年轻了。

窗外，寒风瑟瑟。冬已踏着缓慢的节奏走来了，那么，春天还会远吗？

生命的痕迹

◆文/胭脂小马

桂花谢了,好似悄悄地便香消玉殒,但好像留下了痕迹,一种生命经历过的浓墨重彩的痕迹,小城突然安静得只剩下秋阳在每一角落里似明珠闪耀,走在这样的时光和阳光漫漶的小城,把叶子轻轻踩在了脚下,如果把生命比喻成一篇文字,那么每一叶时光,都是一个小小段落。只不过,有一些是可以忽略不计的,而有一些,却要记在素笺上,还要用玉的砚台压住,莫让风吹走了它。

9月29日,国庆的气氛渐浓,人们好似有些慵懒,都在慢慢的时光和秋阳里计划着这个假日的去处,我却想着好好享受这个阳光吧,其实不在乎在哪里度假,而仅仅在乎度假是不是你所需要的心境,时光可以慢慢的,书也可以慢慢地读,时光安静,阳光扑剌剌飞进窗棂,明亮得把人的眼睛照得很单纯吧。想象着从《诗经》那么遥远年代流传下来的文字,把我带回年华如玉的好心境,单纯,美好而清澈。

中午趁着还没有上班的时候闲逛。买了只暗紫的口红,淡淡的,没有妖娆气息。满街都是穿着印花小衫和印花裙子的美女走过，还有QQ声响此起彼伏，我不喜欢听这样的声响，好似惊醒了这样阳光漫漶的小城，还有那么一伙人坐在自家店门前面打牌、下象棋或是阳光下有一搭没一搭地闲聊，真的羡慕他们的自由与消遣，可以这般无边无际地享受阳光啊，走在街上，阳光落在肩头一划一划的，暖暖的。在一个熟悉的小店逛了一下美衣，于我而言，此刻似乎不买而欣赏的成分多了些，想象怎么的女子穿了怎样的衣服又有怎样的风情呢？走进办公室，我的办公桌临窗，看着窗外的阳光轻舞，阳光下，喝着热的咖啡，有暖暖的孤独味道。

阳光下读友人送的纳兰词，甚喜欢这一首"人生若只如初见，何事秋风悲画扇。等闲变却故人心，却道故人心易变，骊山语罢清宵半，泪雨霖铃终不怨。何如薄幸锦衣郎，比翼连枝当日愿"，仔细读了又读，读到泪眼蒙眬，想起往事，某种角度来说，让我尘封的不想触摸的那种痛心的记忆我一直不去想，更不想在这样一个美好的秋日阳光下细想，谁能知道，往事的痛楚？那痛，一刀、一刀，刻在心灵最柔软的地方，而且永不结疤，无论何时，一经触碰，便会流出鲜红的血来，想起往事常常觉得自己很可怜地把青春年华交付他人这样践踏，甚至有种憎恨的感觉充斥大脑，变得异常激怒，其实换换角度吧，读到这样的诗句是一种美好吧，把一切都归结于人生若只如初见吧，不是嘛，留下美好，那些憎恶的，丑陋的交给时间吧，一切只如初见多么美好，这也是生命走过的痕迹吧。

金岳霖为林徽因终身未娶，他一辈子都站在离林徽因不远的地方，默默关注她的尘世沧桑，苦苦相随她的生命悲喜。当他已是八十岁高龄，年少时的旖旎岁月已经过去近半个世纪。可当有人拿来一张他从未见过的林徽因的照片来请他辨别拍照的时间和地点的时候，他仍还会凝视良久，嘴角渐渐往下弯，像是要哭的样子，喉头微微动着，像有千言万语哽在那里。最后还是一言未发，紧紧捏着照片，生怕影中人飞走似的。许久，才抬起头，像小孩求情似的对别人说："给我吧！"林的追悼会上，他为她写的挽联格外别致："一身诗意千寻瀑，万古人间四月天。"四月天，在西方总是用来指艳日、丰盛与富饶。她在他心中，始终是最美的人间四月天。他还记得当时的情景，他跟人说，追悼会是在贤良寺举行，那一天，他的泪就没有停过。他说着，声音渐渐低下去，仿佛一本书，慢慢翻到最后一页。有人央求他给林的诗集再版写一些话。他想了很久，面容上掠过很多神色，仿佛一时间想起许多事情。但最终，他仍然摇摇头，一字一顿地说："我所有的话都应当同她自己说，我不能说。"他停一下，又继续说，"我没有机会同她自己说的话，我不愿意说也不愿意有这种话。"他说完，闭上眼睛，垂下头，沉默了。

阳光下我读到这样的话语，一刹那哽咽。那个时代的人，对于感情十分珍惜、爱护，爱一个人大约便是长远的，一生一世的事情。因此爱得慎重，却恒久。

他从来没对她说过要爱她一辈子，也没说过要等她。他只是沉默地、无言地做这一切。爱她却不舍得让她痛苦选择，因此只得这样沉默。因为，能够说出来，大约都不是真的。他会想起你年少时候的容颜，在他心中，你永远都是十七岁的那个穿白衣裳的小仙子，他会想到嘴边不自觉地轻轻地微笑起来，叹息地说，她啊……之后便是沉默，沉默之下，原本是有千言万语的，可是已经不必说了，那样的你，在那样的他的心中，便是独一无二的万古人间四月天了。爱有很多种方式和理由，这里无意责怪谁，只不过我觉得金岳霖的故事听起来更加撼天泣地。

看三毛文集："荷西：我们结婚吧。三毛：我的心已经碎了。荷西：心碎了可以用胶水粘起来。荷西：我知道你性情不好，心地却是很好的，吵架打架都可能发生，不过我们还是要结婚。荷西：我想得很清楚，要留你在我身边，只有跟你结婚，要不然我的心永远不能减去这份痛楚的感觉，我们夏天结婚好吗？"就这句话，三毛看了十遍，然后去散了个步，回来就决定嫁给大胡子荷西。"三毛：如果有来生，你愿意再娶我吗？荷西：不，我不要。如果有来生，我要活一个不一样的人生。三毛打荷西。荷西：你也是这么想的，不是吗？三毛看看荷西：还真是这么想的，既然下辈子不能在一起了，好好珍惜这辈子吧！"被这样的干净的感情感动着！

若，人生只如初见，多好！

我有时会想起父辈的爱情，传统的，恪守道德的，亦是羞涩的、含蓄的。一个年长的女子曾和我讲她和他的当年："人家给介绍的，我当时只觉得他长得很敦厚、朴实，感觉很踏实，靠得住，听人家说他做事也认真努力，就同意了。他后来也跟我说，见面时不敢多看，只是觉得我的端庄文气就心动了。我和他在结婚之前只见过两次面，还都有媒人亲戚在场。只有去照结婚照那天是两个人单独在一起，但也不敢走得太近，怕别人看见了笑话。他在前，我在后，怎么也得离着一丈多的距离。"她用手比画着，发出爽朗的笑声，但笑意那么幸福地爬上了这个年长女子的眉间，眉宇间全是回味与感慨，这样古板的恋爱经历是当下的人无法想象的，可我莫名地觉得美，仿佛小城里的阳光和安宁的时光，安静、美好得如同一支悠扬的牧歌。

想起如今的爱情，第一日见便一见钟情，第二日便直言告白，第三日便神魂颠倒狂轰滥炸，此后便大获全胜，爱情来得很容易，每一段感情都很真挚，都很璀璨，都很炫目了，只是爱的时间只能用很小的时间单位来计算，何曾有过故人的君如磐石，妾如蒲丝，那般坚韧不摧啊，走的时候如烟花般匆促又苍凉。热情燃过，空留灰色余烬，一个很随意的第三者、第四者都能颠覆当初那爱情了，男子与女子，太随意地相遇，太轻易地告白，太快速地陷入狂乱沼泽。来不及多想想，多看看，容不得一丈远的距离，迅速地靠近，又快速地撕裂，撕得彼此伤痕累累。很多人说如今的时代没有真正的爱情，殊不知，自己理想中的美好爱情，正是被自己轻率而轻易地毁掉了。

《诗经》说："上邪！我欲与君相知，长命无绝衰。山无陵，江水为竭，冬雷震震，夏雨雪，天地合，乃敢与君绝！"只是这尘世上发生的许多事，已经令人不肯和不敢相信，如今还有天地合，乃敢与君绝那般的勇气吗？其实，真实的爱情需要一份坚守，那是一种信念吧。我始终在享受这般无边无际的阳光的时候相信这一种信念，因为三毛，还有金岳霖，那位年长的女子眉宇间的温暖感动着我。

小城的阳光还在温暖着每一个无边无际享受暖意的人，竟让人觉得有几分温婉。想想自己像个捍卫爱情的思想者那样想了许多，忍不住想起一句话，人生最大的勇敢之一，就是经历欺骗和伤害之后，还能保持信任和爱的能力，随着岁月荏苒有时觉得，在风一样的时光里掠过的生命，不过就是如水流动的云端上，一支轻盈的歌吧。小城里桂花已然远逝，但追念她香遍小城清香的诗者和歌者不是比比皆是啊！生命的痕迹踏过，遇见开心与不开心，快乐与不快乐都是我们生命的痕迹，而我们每个人关于生命和爱的思考，或许就是这歌里，瞬间明亮过的音符。

第六辑

故乡卷　心上圣地

故乡的味道

◆文/莲韵

在我的记忆里,故乡是有味道的。这种味道是特别亲切的,独一无二的,温暖心扉的,深入骨髓的,令人沉醉的,难以忘怀的,是弥久生香的。

——题记

这种味道是人生最初的记忆,是从童年开始,然后随着岁月的流转,慢慢沉淀,日渐丰满。无论你走到哪里,无论你身在何处,都能凭借这一抹温馨的气息,让一颗疲惫的心回归故里,找到那一种久违的感动,投到故乡温暖的怀抱里。

故乡的味道,就是那袅袅的炊烟的味道。每当暮色向晚,那缕缕炊烟升腾在空中,弥漫在黄昏的街头,你深深地吸一口,眯起眼睛,你便会沉醉在这浓浓的乡情里。我喜欢这故乡的炊烟,这是对故乡一种深深的眷恋,嗅着炊烟的味道,我仿佛闻到了母亲的饭菜香,一看到炊烟,我就会想起了那热乎乎的炕头,暖暖的感觉,涌上心头。

故乡的味道，还是那浓浓的乡音。那一声声喊着我乳名的呼唤，总能唤醒我心底那一丝丝柔软，那带着泥土气息的话语，是你走遍万水千山也寻不到的最妥帖的安暖。我虽然没有和故乡远离，但每次踏上家乡这片熟悉的土地，听到这熟悉的乡音，依旧是那么的亲。仿佛只有在这里，才没有虚伪的寒暄，做作的恭维，只有真切的温暖，简单的问候，却让你久久感动。

故乡的味道，就是幽幽的夜空里，那一轮圆圆的明月。月光下，我们一起唱着儿歌煮月亮，月光下，我们一起玩游戏、捉迷藏。我一走，月亮也走，我在街上，月亮就在街上，我回到家，月亮就在家门口，那一轮圆月啊，始终在我的头顶上。不知在多少个幽深的黑夜里，我们就是这样寻着月亮的那一缕银白的光，嗅着月光的味道，才找到了回家的路。

月是故乡明，城里的月亮也是大而圆的，但它终究抵不过故乡的月亮，因为故乡那一轮明月早已镶嵌在心底，早已深深地雕刻在永恒的记忆里。每当皓月当空的夜晚，我总爱久久地凝望，沉思，遐想。我想，故乡的月色一定是有味道的，那味道是什么呢？虽然无法形容，但一定是美好的，香甜的，是味蕾里无法改变的。

故乡的味道，还有那成熟的麦香，煮熟的玉米香，炒熟的花生香，烤熟的地瓜香……还有那一丛丛花草香，以及那一树树淡淡的枣花香！这里所有的香气都是接地气的，包括蔬菜水果，没有污染，只有纯绿色，纯天然，没有繁芜，只有简单，没有喧嚣，只有安宁，没有浮躁，只有淡然。

故乡的味道，还有那泥土的芬芳。喜欢在朦胧的一帘细雨里，走在田间的小路上，望着一片片葱茏苍绿的庄稼茁壮成长，脚踏着大地，深深吸一口，那空气中弥漫着的浓郁的泥土的芳香，心情是多么的欢快、舒畅！

故乡的味道，还是母亲那座老房子。虽然父母都不在了，我走进这个院子，却能闻到他们的气息。看到了熟悉的房屋，仿佛二老就跟在我身后。眼前的一切是那么的亲切！轻轻抚摸着那一把破旧的圈椅，父亲就坐在那里，依然笑容满面。还有那陈旧的锅灶台，母亲则为我准备我爱吃的晚餐……突然之间，泪水滑落下来，酸酸的，涩涩的，甜甜的……

依稀记得，我每次回家，母亲都早早地站在村口张望。那瘦弱的身影，斑驳的银发，还有那写满沧桑的面容，始终是我梦里挥不去的乡愁。儿时，父亲上班，母亲一个人拖着病弱的身体，带着我们姐弟三个孩子，白天到生产队里干农活，回家还要照顾我们的饮食起居，实在是很不容易。那时候生活虽然很艰苦，但总是很快乐，白天大人们去干活，我们就去上学。放了学，没有可吃的零食，一人拿一块饼子、一块咸菜或是一段葱，背上筐去地里拔草，回来喂猪。家里穷啊，别的小伙伴吃的都是地瓜高粱饼子，我家算是比较好的了，吃的是玉米饼子。可我最爱吃地瓜饼子，那甜甜的味道，叫我流口水，于是就拿了玉米饼子去和小伙伴交换，而母亲总会想方设法地为我们改善伙食。春天，地里才冒出来的野菜，还有鲜嫩的苜蓿，都成了我们难忘的美食。母亲把它洗净、凉好了，然后做成包子，或者烙成馅饼，尽管没有肉，但依然鲜美无比！至今想起来，还垂涎三尺，而今生活虽然越来越富裕了，却怎么也找不回那儿时的快乐了。

相信故乡所有的味道都是来自灵魂的，不管是浓是淡，是苦是甜，生活的五味杂陈，都蕴含在里面。洗尽铅华，过尽千帆，才能懂得，唯有认真地去体验，才能品出其中的苦辣酸甜。只有看惯花开花谢，月缺月圆，历经风雨，四季变迁，方可从容不变，随遇而安，才能将最本真的人生还原。

故乡的味道，总是给人温暖，令人思念，那是岁月留下的一瓣心香，在记忆里永恒，在时光里安详。心情不好的时候，就来故乡一趟吧！走一走，看一看，听几声鸟鸣，闻几声狗吠，与花草树木说话，和白云蓝天对望。看田野里，一群孩子，正沐浴着阳光，互相追逐着，奔跑着。此时此刻，你好像看到了自己童年的模样，仿佛又回到了那段曾经翠绿的金色韶光！

老井

◆ 文/微风悠然

村子里有一口老井，在村子中央。

之所以叫它老井，那是因为这口井的年龄和我们村子的年龄一样大，这眼流淌着岁月的清泉，一直陪伴在我们身旁，它是全村人的饮水之源，无论季节怎么轮回，它依然涓涓不息。

我家的老房子就建在这口井的旁边，或许是当年父亲觉得把家安在这儿，用水会方便些，要不也没有别的理由。

父亲老了，再也担不动水了，几年前，我就把父亲安置到县城居住了，因为，县城的条件毕竟要比农村的条件好一些，首先，饮用的是自来水，不用再去担水吃。

其实，像这样的老井已经不多见了，新农村，家家户户基本都用上了自来水。

有时候想想还蛮自豪的，因为在目前的生活环境中，还有多少人能天天享受到纯天然的地下水，所以，这么一想，也就没啥抱怨的了，落后是落后点，但我们过得踏实，免得还得去花钱买矿泉水，多浪费呀！

听老人们讲，为了找一处可以饮用的水源，当年老一辈们可是费了不少力气，一眼一眼地打井，直到找到这口井，前辈们才算满意。

这口井并不深，从井底到地面还不到十米，水面距井台只有两米左右，水源丰盈的时候，清澈、透明，可以照人，如果你要是把脸贴近井口，你马上会感觉到一股股凉气扑面而来，你的心底会有一种说不出来的清爽。

如今，我人已中年，岁月的痕迹已悄悄地爬上了额头，就像这老井的边缘长满的青苔，深深地镌刻在流淌的岁月里。

在我的记忆里，村中的这口老井带给了人们太多的快乐。

每天，无论怎么辛苦，怎么劳累，只要一有时间，哪怕是借着担水空儿，也会在井台逗留一会儿，你一言我一语地论长短，所有的疲惫仿佛一下子减了一半，村里的老人们更是喜欢蹲在井台边谈论、说笑，仿佛他们又回到了他们当年的那段时光，这样的情节好像永远也不能复制了，不遗憾，最美的画面就是留有回忆的。

每次去井台担水，看着老井孤零零的，心里总有一种说不出的感觉，空落落的，随着时光的流逝，随着社会的发展，村里很多人都选择了离开，搬到了更好的地方居住，而留下的这口老井却依然默默地守护在这里，虽然村里只剩下了十几户人家常年用水，其他的好像都成了过客，只是每年春播、春种、秋收的时候才回到村子，我就是其中一位。

看着荒草萋萋的街道，看着凌乱不堪的房屋，心里总会涌起莫名的伤感。

现在回到村里，见面最多的该是大力。

大力，姓孙，他没有家，他也不知道自己多大岁数，他管我叫哥，好像他不比我小几岁，我和村里的人都叫他"局长"，因为，大力特喜欢穿军装，那种仿制的，头上总爱戴着大盖帽，有标识的那种，穿着这一身制服，大力走起路来精神焕发，常常看见大力一个人走路的时候，喜欢模仿我们开车的姿态，有模有样的，就连加油、换挡，他都能用声音表达出来，如果看见我们看着他，他就会不好意思地一笑。

大力是天生的小儿麻痹，走起路来摇摇摆摆，两只手只有一只还好使点儿，另外一只始终是缩在腋下，手指也不能彻底伸开，他的最大的特点是，这些年他始终不见老，始终是那个状态，有人说，大力是返老还童，我说，那是人家大力心态好，吃了这顿不管下顿，不操心。

大力现在是被政府安排在个人家里住，生活费用政府管，所以，村里很多人都羡慕大力。

大力不是没有家。

大力的母亲是个上海下乡的支边青年，父亲就是我们本地人。

当年，大力的母亲怀着身孕来到东北，听说，这个下乡名额是她姐姐的，因为她意外地怀了身孕，家里人觉得没面子，又不想接受这个事实，没办法，只好让她来了东北，还是因为有孕在身，又急匆匆地嫁给了大力的父亲，后来生了个女孩，起名叫孙梅，在这之后才有的孙大力。大力的父亲，按辈分，我叫他大爷，人挺好，待人善良、真诚，就是性子慢了点，做任何事都不着急，他有个外号叫孙老蔫，就这样，他的日子始终没过起来，夫妻感情也不和，好像是在我读高中的时候，他们离了婚，大力的母亲带着他的弟弟回了上海。在他们离婚的前一年，大力的姐姐服毒自杀了，听说是她爱上了一个人，大力的母亲说什么也不同意，结果酿成了悲剧，有人说，这是他们离婚的导火索。

这不是故事，我只能复述，不便评说，所有的喜怒哀乐，这口老井就是最好的见证，岁月中的辛酸就像那根井绳，永远也会不断，永远都有打捞不完的故事。

有时候，我也会和村里人一样抱怨，为什么别的村屯都能被纳入新农村的建设，而我们的村子就好像是被遗忘的角落，抱怨归抱怨，日子还得过，也许这样更好。至少，老井不会被掩埋，不会孤独、寂寞，因为，我们还在。

故乡的冬

◆ 文/孙悦平

生计的梦然已斋碎,如屑、如末、如粒;儿时的梦覆裹在你的躯体,如雪、如玉、如翠。

——题记

"我是决意不写冬的,因了它那苍凉和惨淡。那惨淡没丁点儿血性,好端端毁去了万般的春闺,教我积满铅灰的心境平添惆怅。"这该是我在《冬日里的昏语》里说过的,眨眼儿两个年头便倏地去了。冬,还是依旧如约地来着,如约地去着,自己也是一年不差,依旧在少不得冬的四季里轮回,却应了郁闷的心境,说出此等伤害着天的话,细细想来,还大有穿着人家的袍子,说着人家的虱子之龌龊的。

其实人时常是言不由衷的。正如我,骨子里蚀心地眷爱冬,时而却又背着良心说些违心的话,这个中的缘由又有谁可知晓呢?十年了,十年的光景冥冥里若白驹过隙之忽然了,可这十年的劫与苦又焉能一言以蔽之?

十年里，我的身心被桎梏着，魂灵碎破而支离。然孤苦里，我却如何也无法淡化对故乡的恋眷，恋眷故乡里的冬，故乡里的雪，还有故乡雪被下那耄耋的古柳、隅隅的山野、畦畦的田亩。

　　小时读鲁迅先生的《故乡》，说大雪初霁，在草垛边儿上扫一块空地，支一把米筛，再撒些秕谷，然后远远地躲在一处，只等鸟雀飞来。每当看到这段描述，心里就总是在想，先生该不是写的我吧？读着读着，便暗生了惬意。

　　故乡的冬憨厚，憨厚得不曾见一丁点儿的做作。故乡的冬羞怯，羞怯得像个不曾出阁的闺秀。

　　北方的节气，一入了旧历的九月，便会益发地添着朗爽。当秋割后的田垄间露出根茬儿，田田的荷叶泛出枯黄，次次第第趋短了的日子，便在徙鸟的哀鸣声里寻不见它的尾巴了。姹紫嫣红的景致，都在日盛的肃杀里悄然地隐去了媚的影子。这时，四遭的山岭壑谷，草丛林灌，沟沟峁峁，都会被那簌簌飘落的精灵覆盖了。瞬然里，曾经的喧嚣，曾经的绚烂，曾经的虚华，便都被静谧地珍藏了。遍处的安详，遍处的清浅，将尘封了许久的忧郁沉淀了，沉淀成了酣淋的舒畅。此时的故乡，在冰雪的映掩里，没了春的招摇，没了夏的魅惑，没了秋的殷硕，只有裸着的所有的生命的本真。

　　故乡的冬，没太多侵肌的冷。即便是深冬，河溪也不曾流露出太多的寂寥，只是着一袭素装，依旧欢愉地流淌。旖旎旋旎的低回里，更少了些昔时的轻佻和张扬，偶尔一两汪小小的水域，几只水鸭顽皮地一逗，畅明的河溪便被泛起几点浅浅的酒窝儿，溢出扶摇的羞态与媚意。

雪野里的故乡，从不乏邈远。一堵突兀驳落的残垣，几声慵散悠长的犬吠，一缕疏落袅缈的炊烟，更有那悬在屋檐上的串串的冰凌，都无不透着岁月的沧桑。

古旧的老屋，真的是很老很老了，老得哪怕是轻轻地扯一下她的衣襟，或许她都会呼隆一声垮掉。宅院里，蜿蜿蜒蜒的青石板小道儿，桔槔下的那眼枯干了的老井，几扇昏暗的门窗，屋脊与檐下的几窝燕巢，在记忆里混沌似又清晰。那逼仄而来的，是那个曾经的少年无数青涩的幻梦和塘火边母亲那张裹着倦意的脸。灶台上，那摞残破的青花碗，盆架上的那只泛着亮的铜盆，随娘陪嫁来的那口褪了色的老衣柜，还有陈在柜台上的那对豁着口的掸瓶，更是一一盛满了锈腐了的流年。

"不知庭霰今朝落，疑是林花昨夜开。"早已说不准会是在哪个清晨里，当我还温在土炕的被窝儿里魇着聊斋的那些鬼狐梦时，窗棂间的镜子，却早已悄悄地爬满了奂奂的凌花，推门望去，全部的视野里铺满了雪白，这会儿的故乡，就算是天底下最最矫情的人，怕也是很难寻得丁点儿污浊的角落的，寻不得丁点儿的市井里的龌龊的。

故乡的冬，尽管我一路狼烟，蒙过万千的苦难，但却从未敢湮灭你留在我记忆里的那份情愫。我的内心，时常会怯怯揣摩着，揣摩着我曾经对你许下的诺言，应下的担当。

身居故乡的冬里，风似乎也歇缓了脚步，偏着身儿俯首倾听着，倾听我这个漂泊的游子心的忏悔，心的膜拜。

真的不知道，不知道故乡的冬里，还有我多少的痴恋，还有我多少的宿盼，这是我命的摇篮，梦的摇篮哦！

故乡的冬啊，不知你还蕴了多少的明丽，蕴了多少教我一辈子不能释怀的记忆，那蛮越的山峦，曲曲的河溪，马爬犁犁出的弯弯小道儿，还有身后洒下的欢歌，终至成了生命的部分而挥就不去了。

天以高为尊，地以厚为德。立于故乡的冬里，仰望梦绕魂牵的群山，一路的名利得失豁然淡却。唯一奢望的，便是唤回儿时的童真，教心儿沿着鹰隼盘旋的高旷，做心的飞翔。

心上圣地

◆文/樊桦

01

很多时候，一个人一辈子就围绕着一个圆心转。这个圆心就是村庄，它如同一个人的命根、魂灵，牵系着人的肉身，让人们在村庄的怀抱里静静地呼吸，不曾离去。

从懂事起，我就蹒跚着步履，一天天背离着养育自己的衣胞之地，渐次地在外求学，工作，安家，宛如一粒蒲公英的种子，随风漂泊在异乡的土地上，时常忧心忡忡，惶恐不安！如今，年轮如同一把钝刀，镌刻在岁月的刀锋上，不惑的我，注定不可能只围绕着一个村庄转，而是两个、三个，甚至是很多个。如风的日子里，我走过许多风雨苍茫的人生路，在狭小的生命索道里，我曾经辉煌过，得意过，失意过，最终都如过往云烟一般，消失在昨天的记忆里，无法锁定，无法珍藏，无法铭记。

从跨进学堂的那天起，我就怀揣着童稚的梦想，背井离乡地走上了他乡圆梦之路。所以，从一定意义上说，至今有三个村庄在我内心深处烙下了无法擦拭的印迹。它们是，我初入尘世的母土，我苦苦生活了十四年的故乡，以及我现在安居的小巢——爱人的故乡。

02

现在，我要说的村庄，就是爱人的家乡，一个牵扯着我五脏六腑的灵魂栖居地！

广茂村，一个距离元谋小县城中心约一公里的村庄。

村庄古典别致，环境优美，在非常适宜人类居住的城乡结合地带，有二百多户人家。一个香火极其旺盛的寺庙让疏密有致的农家住户包围着，时时青烟缭绕，紫气氤氲。

寺庙叫复兴寺，僧侣四五个，均为女性，纯阴。或许，该叫尼姑庵才对。

说它，是因为这里是一个滋长福祉、广积善德的佛家归隐之地。因它，村庄有了灵性，结上了佛缘。

03

小村庄以元谋县人民医院为经，城市大型住宅区紫溪苑为纬，定位出的一个点，辐射向四围。

村庄如吉祥的灵光，如七彩的长虹，如耀眼的星辰，如圣洁的哈达。它一点也不张扬，一点也不显山露水，一点也不追求时尚而无休止地涂脂抹粉、矫揉造作地毁坏自己的容颜。

我是1997年随爱人进住村庄，十七年了，村庄还是被现代化进程遗忘的一个角落，或许也可以说它是城市现代化建设中刀下留情的城之一隅。虽然它距离城市中心不到一公里，但是近二十年来，城市大刀阔斧、脱胎换骨般的迅猛扩建和改造却依然让它毫发未损，它依然保留着乡村最真实的面孔，它没有现代城市的高楼林立和城市灯火的浮光掠影，它安静地睡去，幸福地醒来，日复一日，年复一年。

或许，这是因为寺庙香火的熏陶润泽，菩萨的点化庇荫。为此，村庄里的人们才长久地拥有如此环境优美的居住地，享受着绿色低碳的生活。

04

某一天，我在自家小院里张望，西边隆隆响起聒噪的机械声和悄然间从地面冒出的幢幢高楼搅乱了我绮丽的梦，从梦境里走出。小区楼房慢慢向四周扩散，蔓延，像个大毒瘤，大有直插村庄腹地之势，我有些彷徨，莫名地焦躁起来。

某公司买下村庄入口地处水源丰盛的龙脉宝地，打算钻下百米深井取水，供全城市民饮水。很快，临近几户人家的古井水位下降，几近干涸。村民集体抗议，阻止公司继续钻井，公司最终妥协。

继而，一家石材公司租用厂房，夜以继日、马不停蹄地进行石材加工。如此下去，若噪声、粉尘超标得让村里人无法接受，扰乱了人们的正常生活，下场应该和某公司一样，将被人们驱逐出村。

05

进村，有一处竹林，修竹茂盛，荫蔽着一条小河，名叫向阳沟，河水均从地下冒出，清澈、洁净，一年四季淙淙流淌，未曾干涸过。沟边三株粗壮的黄果芽树（大叶榕）葳蕤丛生，幽静里洋溢出惹人喜爱的清香。其中的两株大榕树有两三围粗，小的也不下一围，宛如一家三口手牵手，守望着天边的幸福。

和爱人初识，我们经常在晚饭后，追着疲惫的夕阳到竹林旁的向阳沟里洗衣服。

直到满河的星星被我们漂洗衣服时不小心揉碎，我们也不想回家。溜走的是时间，珍藏的是记忆。我们恨不得永远停留在会唱情歌的小河边数星星看月亮，听小溪诉说情话。水清澈见底，米虾和小马鱼成群结队，数不胜数，一条富有生命的小河，连接着村里人们的起居生活，搭起了沟通左邻右舍的情感天桥。

在酷暑的夏天，我经常带刚会走路的女儿馨月到小河里捞鱼摸虾。女儿端着小筲箕，我提个小水桶，爷儿俩在水里乐此不疲地把打捞到的小鱼和虾米倒在桶里，直到女儿戏够溪水，逮足鱼虾，我们才拎起小桶打道回府，然后将打捞到的鱼虾统统倒进自家的水井里，希望秋天会有更多收获。

河水没过成年人的膝盖，汩汩流淌，悦耳动听。为了方便洗菜浣衣，村里的施善者在河水的一边支砌了平整光滑的大方石，石头在水里待久了，长出青葱的苔藓，像穿着一腰合身的裙裾，石头与石头间的空隙成了鱼儿虾米藏身的最好窝点。高出水面的石头上常常坐着浣衣洗菜的人们，人多时，大家自觉排队，在河边的石头上坐着侃侃家常说说笑话，也聊到大城市里打工的男人女人。

那些洗好菜浣好衣的婆姨媳妇总有镰刀割不断的话，直到有孩子跑来叫嚷着等菜下锅，才恋恋不舍地离去。

小河是村庄的灵魂，牵扯着村里人的心脏。在小河里，我慢慢熟悉了村庄里的男女老幼、亲戚朋友。

逝者如斯，河水流淌着。一拨人慢慢老去，不能下河洗菜浣衣，随着唢呐声，在送葬队伍的呐喊声中，在子孙们的呜咽声里走向后山的坟场；一拨曾经光着腚在向阳沟里逮鱼摸虾的小孩长成大姑娘、小伙子，一个个都到了娶妻嫁郎的青春年华。

凝视溪水，慨叹自己不再青春年少。倏地，多出几多惆怅，有时木愣愣地在河边发呆，追忆和爱人在晚风的竹林里卿卿我我，相互倚靠着背听蟋蟀谈情说爱看嫦娥翩翩起舞的美丽风景。

06

往里，一道葱郁的屏障如沐春风，绿得令人眼馋。农历三四月，整个翠色的屏障间都流淌着葡萄酒的醇香。

眼下的一切，为八方葡萄基地。三年前，山东老板以每亩2800元的低价承包了村里几百亩良田。往昔，三月里的稻秧碧绿如洗，如无边的地毯，青蛙伴着雷声呱呱呱地吵闹不停，时不时有阵雨洒过，更是绿得耀眼。

六月，热带季风和朵朵流萤把万顷稻田染成金黄，阵阵稻香弥漫田间，各色不知名的小野花竞相绽放，田野是绚丽的、芬芳的，美得让人兴奋，香得令人陶醉。

07

　　顺着村间道路一直往前走，沿途的酸角树鳞次栉比，虬枝交错，葱葱郁郁。这些树的树龄都在五六十年以上，两三个七八岁的孩子才能合围过来。若值花期，茂盛的小叶子层层叠叠地搭在一起，把小路遮得严严实实，树荫如巨伞，为人们提供了遮阴纳凉的好地方，孩子在大人间穿梭，老人坐在自家的门口，有人路过，他们都会露出慈祥的笑脸。

　　徒步的路人多为到寺庙里敬香或赶庙会的居士。一条小河贴着村边而行，把自己扭得七拐八弯，仿佛一条逶迤的长蛇，从村北向村南蠕动，激情张扬。

　　小河是村庄的一条主动脉，滋养着村庄的土地，灌溉着村庄的瓜果蔬菜，水稻玉米。

　　河的源头在村庄的尽头，清冽的河水川流不息，欢快得没有疲惫，没有忧伤。

08

　　以河为界，一边是肥沃的良田，一边是密集的村庄。田间一年到头均是五彩缤纷，绚丽多姿。村庄里的狗悠闲地蹿来蹿去，见到陌生人也不会胡乱吠叫，更不会偷袭村外的客人，也许是见多识广，或许是佛祖点化，是狗也要积善德，要守在自家院里，震破喉咙也是尽职。偶尔有一群鸭子，几只白鹅顺着小河觅食，它们把清澈的河水搅得混浊不堪，几个洗菜或浣衣的女人不得不停止手中的活儿，脱口骂几声"畜生"，互相说几句闲谈白话,慢慢地等着这些捣蛋鬼们游到下游后,才又开始忙手中的活儿。

09

田里,那是养眼的色彩。青青的玉米树在吱吱地拔节,腰间挂起了红缨,散发出清郁的淡香,等待王子的临幸,准备孕育后代。令人不解的是番茄,一边是刚刚栽下的小秧苗,还带有一股微微的乳气,一边却是红红的灯笼挂满了枝头,有拳头大小的,有樱桃般大的,定神一看,仿佛一张张笑容可掬的孩子面,童真得没有一丝邪气。

茄子穿着薄如蝉翼的紫纱裙,隐约可见它丰腴肌肤上滚动的露珠,如出水芙蓉,在晨曦中轻歌曼舞,编织着一帘幽梦。

大豆,红辣椒,青辣椒,白菜,韭菜,黄瓜……满园的菜蔬清香,流淌着醉人的味道。

10

河道进入村庄中游,河面也变得宽敞起来,农家住户星罗棋布,如雨后春笋般拔地而起。几棵枝繁叶茂的大叶榕树把复兴寺前三百见方的空地遮蔽得严丝合缝。茶余饭后,纳凉的老人,戏耍的孩童,打牌消磨时间的婆姨媳妇……这里成了聊闲谈话、传播花边新闻、家长里短的集聚地。

沿河都是竹林,它们一丛丛、一蓬蓬赶热闹似的竞相冒芽、抽笋、长高。因为水分充沛,黄皮寡瘦嘴尖毛长的竹笋不到一年就长成了一两米的新竹，两三年后就直插云霄，真可谓"万类霜天竞自由"。

修竹成片，竹影弄月。满地都是竹叶的暗香，竹林是村庄的饰物。村庄宛如一位心灵手巧的小媳妇，竹林好比她戴在玉项上的一串珍珠。

村庄里竹子多，篾匠也多。很多人家里都有会编撮箕、筲箕、簸箕、竹篮和竹筐等竹器的篾匠。他们一年砍二三十棵皮子泛黄的成竹回家，锯断、剖开，一刀一刀地划，分成篾青、篾黄，篾青是上好的竹料，篾黄大多抛到一边，晒干后作为引火的柴。然后忙里抽空编制各式各样的箩筐、簸箕等竹器，以备来年使用。有几户人家每年都要编制很多竹具拿到街市上去卖，一年来的油盐米酱醋茶等零碎开支也就够了。

11

晨钟暮鼓，凡有寺庙之地，钟鼓声大概已经成了村庄的主旋律。这声音虽然不婉转动听，但是厚重雄浑，听起来踏实。

接着，住持师父们开始早课。加油、燃香、念经，为村庄的人们祈福，也为自己来生脱离苦海祈祷，抑或是给某些交钱超度亡灵的后生晚辈，或许是为儿女消灾免难，祈求平安的母亲效劳。一切的一切，和信仰有关，和母爱有关，和远离自己奔波前程的儿女有关……

然而，作为后生的我们，有多少人能为自己的父亲母亲祈福减冤，有多少人能够常回家看看？

寺中，木鱼声声，香烟袅袅。有经文吟诵声在耳畔回荡，在村庄的竹林里飘扬。

霎时，我有种看破红尘的感觉，近四十岁的人，或许有些悲观消极。

终日昏昏然不求上进，能够平平静静地想着相妻教女，想着柴米油盐酱醋茶的家中琐事。

想想，我本凡人，凡心一颗，不想小家，无儿女情愁，不食人间烟火，正常吗？

寺庙里的住持师父是唤醒村庄的鼓手，她们把沉睡的村庄敲醒，让它不会老去，或者死去。

12

在金属沉郁而厚重的钟声里，鸡鸣伴着狗吠，村庄里的人们缓缓醒来，开始一天的辛苦劳作。其实，对庄稼人而言，真正的辛苦是无所事事，无事可做。因为没有事做就意味着闲着，闲了就一无所获。正如近八十岁的父亲母亲，他们最怕的就是空闲。从饥荒日子里熬过来的他们一生勤劳耕作，以土地为伴，如果失去土地，他们将会茶饭不思，焦虑烦躁，无法安静地睡去。

而我一天为烦琐而辛劳的工作终日焦躁不安，和他们相较真是有点身在福中不知福的味道。

有时总是把工作上的不快装在心中，回家和母亲发发牢骚，以缓解工作带来的压力，我想这或许是儿子向母亲撒娇的另一种方式，不过细琢磨：难道年迈的父母就甘当孩子的出气筒？

13

广茂村有了寺庙，有了僧侣居士念经，周遭的庄稼都听着经文生长，久而久之也就生了慈悲心，有了善念，而我，一个万分敬畏文字的痴迷者总是因为无法自由地驰骋在自己虚构的理想世界里，常常失眠，迷茫，惶恐，正在缓缓地患上抑郁症。焦躁，郁闷，甚至想过逃离，死亡……

想想真是可悲，可笑，可叹！可是一个人爱上了文字，是不是一定要付出很多。诸如汗水、眼泪，或者是心血？我也无法弄懂。

我只想听母亲平静地念经，这是母亲的信仰。她一生有着无数苦闷的情结，可以把她的大脑塞满，可以将她的肺腑撑裂。现在，她把一切都容纳在了佛经的世界里，油然想起一副写弥勒笑佛的对联："大肚能容，容天下难容之事；笑口常开，笑世间可笑之人。"是啊，母亲现在变得乐观了，一切都看得异常地淡薄，淡薄得让我们作为儿女的都有些难以接受。

可是，如果我也装着她所经历的种种苦痛，还能像她一样坚强地站着吗？

我不知，问佛，佛说：一切随缘！

此时，我想种曼陀罗，彼岸花。

忘却自己和世界！不能，就麻醉，我不想借酒浇愁作践自己。

14

村庄是一个归隐的好去处。诵经，种菜，写诗，想自己的女人，疼自己的孩子，敬自己的老人，等等。或者坐在摇椅上看夕阳渐渐褪去红晕，想曾经浪漫的事，慢慢老去，等女儿回家看看！为我沏一杯普通的绿茶，为她的妈妈捶捶背、揉揉肩。

那时，我们都老了，都在寻找自己的皈依之地，或许村庄就是最好的落脚点，地气重，灵魂不会被风吹得东倒西歪，漂浮着找不到回家的路。

光阴如烟、如雾。不和你打招呼，悄悄然从你身旁溜走。人到四十，慢慢地会把一切都看得平淡，似水，越清澈越舒适，越宁静越适合让心脏的节奏跳动慢一点。

也许这是一种消极的中庸心态，和当初的年少轻狂截然相悖。其实，当你把一切都看开了，把放得下、放不下的琐事都放下了，心境自会豁然开朗。

很多时候，总为一些鸡零狗碎的芝麻小事大伤肝火，怒气冲冲。母亲总会说，过日子要看远点，想开点，不要动不动就生气发火，给自己制造苦恼。想想年迈的父亲母亲一直在村庄里生活着，他们和泥土打交道，没有闲过一天。他们厚厚道道地服侍着庄稼，庄稼也从来不辜负他们，让他们有吃有穿，虽然紧巴点，照样要省吃俭用地供孩子进学堂识字，直到走入社会。现在他们都老了，腰背佝偻了，动不动就大感小冒，风湿疼痛，可是他们也舍不得闲着，吃点药缓解一下疼痛，又要不停地操劳着。他们认为和泥巴打了一辈子的交道，只要停止了活动，生命也就要终止，所以他们不敢闲着。

15

听着复兴寺隐约间传来的阵阵诵经声，焦虑、苦恼的郁结慢慢散开。

小河的缓流如同我轻轻涌动的脉搏，水在流动，我的心就在跳动，河水滋润着我内心泛黄枯萎的荒原。

沿着一条长满翠竹的小路，一直走向村庄的深处。路越来越窄，只能容纳一个人通过。凤凰花如火如荼，燃烧了村庄，一阵夹杂着葡萄酒香的风袭来，村庄消失在树影中。

我不想返回，向深处走去。狭窄的路旁全是瓜果飘香的农田，龙眼树一片连着一片，这些雌性的树，正值花期，一股女性的体香弥漫其间。

石榴树的青枝绿叶，熠熠生辉，绿意盎然，每片树叶上都是一个新的生命在跳动。侧耳倾听，是小河的源头。那里是龙头，全村的水都从龙口流出，在村庄里游一圈，缓缓地走远了。

霎时，一道灵光闪过。凤凰花摇曳着，两旁的竹林互相交叠在一起，越往里，越是茂密，最后连一丝亮光都不见了，我试探着向前走，路上铺着厚厚的一层凤凰花，踩上去隐约听见花儿骨节碎裂的声音。

大约过了十来分钟，亮光慢慢出现，云白如雪，天蓝得如洗过一般，视野也随之开阔起来。放眼望去，左边一片桃林，桃花缤纷；右边一块梨园，雪花飘飘。四面群山包围着田地，阡陌纵横。更远处，有竹楼，旁边一池湖水清冽见底，青烟缭绕。我大步流星地往前跑，想看看竹楼里住着的是人还是仙。

母亲如歌似泣的诵经声惊扰了我，睁眼，一切都散开了。是梦，不太像，是现实，又有些离奇。

之后，我屡次三番地沿着村头的小路一直往里走，时而闭目，时而睁眼，希望找到村庄尽头那条谜一般的路，可是每次都徒劳而返。

16

也许，这就是一条皈依之路，只存在于自己的第六感官之中，灵魂深处。

抑或是，冥冥中暗示：静静地向前走，那里有灵魂的栖居地，一心向善，勿生恶念，忘却身后的功名利禄，抛弃一切压在身上的包袱，你是你自己，赤裸裸地来，赤裸裸地离去，世界的一切都不属于你，你属于泥土。仅此而已！

老屋

◆文/荒城布衣

故乡的老屋老了,老得就剩下依稀可见的废墟,连一点儿土墙的痕迹都没留,唯独那石头砌成的房沿坎子还在风雨飘摇中孤独地存在。取而代之的是一片和道场连在一起的菜园子,荒草杂乱无章,这一切,预示着它的孤独与落寞。然而,那些斑驳了的记忆又时而带着久违而又感动的影像在我的眼前闪动,久远得就像翻阅他人的历史却又紧紧地贴近并一直叩动着我的灵魂深处,怀念的泪光中,我的感觉就像喝了一壶老酒,苦辣酸甜中,飘散着浓浓的醉人香气,夹杂着瑟瑟的酸楚,心中感慨万千却又无从说起,凌乱,破败,纠结,焦虑,矛盾,自责,卑微……心有千千结,无人能感同身受。

老屋就坐落在离乡村公路不远的低矮处,没有掩映于郁郁葱葱的柞杨桦柳之中,如果不是我儿时亲手种的樱桃、板栗、李蜜树的话,真不知道当初这里曾有一户人家,果树都已长得高大葱郁。偶尔鸡鸣狗叫,还有那树梢上飘出的袅袅炊烟,才会感觉到回故乡了,感触到了浓浓的乡土气息，儿时的感觉，无限的回忆……

老屋好像是民国末年建的，记忆中的老屋是小四间的老房子，木头框架，用土墙填充间隔而出四间，堂屋的门是可以拆卸的门板，全部卸下，就是通透的大大门面，可能当时的家族是经商的。没有问过父辈，也无从考究，只能从这样的屋子结构判断，听别人说当初家族很繁荣昌盛，好像到了老老太爷手中家境破败。老屋依山而建，大朝阳，门前还算是一马平川的土地，四季更替，或葱绿，或金黄，或生机勃勃，或萧瑟枯竭，只有那条小河不论四季，不知疲倦地依着河堤静静流淌，流向南方……

门前的那条河，虽是小河，但一年四季流水不断。尤其是每当春天水下来或者是夏季三伏大雨时节涨水，它便像一匹奔腾的野马，也能挽起很高的浪花，昼夜不停地咆哮着。水很混浊，夹杂着树枝泥土，把河里的娃娃鱼都冲上岸了，那时候根本不稀奇那个东西，长相丑陋，浑身腻黑的鱼，我们听到像婴儿哭叫声，就会顺着声音觅去，用石块砸死它，丢进河里。随着时间推移，环境遭到破坏，现在的娃娃鱼少之又少，濒临灭绝，成为国家的保护物种。

老屋的房前左右没有多少果树，只有樱桃、李子、板栗和核桃树。春天来了，一场春雨过后，布谷鸟一声啼叫，人们便开始忙碌着耕种。每当这时，那两棵樱桃树和李子树的花儿就次第开放，远远望去，不像一片花海，但也很美，阵阵风吹过，花雨满天飞。

夏天，牵牛花一路疯长，那红的、蓝的、紫的，五颜六色开满菜园子的篱笆墙，和豆角、黄瓜缠绕在一起，丝丝缕缕，难分难解，于是，就缠绕着向上攀爬，一直爬上地头的李子树、樱桃树上。还有那道场边林立的麻秆花也不逊色，争先恐后地争奇斗艳，竞相开放。应该说，从五月开始，樱桃就熟了，惹得左邻右舍的馋嘴孩子攀爬折枝采摘，把菜园子的菜践踏得一片狼藉。父亲甚怒，挥刀把樱桃树、李蜜树一并砍了，现在看到的葱绿树木是第二次的生命。

冬天，是一年四季最难熬的季节。因为我的故乡是出了名的风大，一年四季很少不刮风。每当冬天的寒风刮起，屋子里虽然不是四下透风，但是能装卸的门板缝隙，只能算是一种隔断，根本挡不住那瑟瑟的寒风，好一点，有一个温暖的火炉，温暖的火炕，那时候的乡下家家户户都有火炕，可以边烤火边把火炕也烧热了。在寒冷的冬晨，我们一个个蜷缩在被窝里赖床不起，母亲就会一个个地为我们烘烤棉衣。催促我们起床，于是，我们便一个个鱼贯地跃起，争着抢着去烤火。那时候经过母亲烘烤的棉衣是多么的温暖和温馨，在懵懵懂懂的幼小记忆中至今犹新。

冬天，大雪的日子，大人们躲在屋子里用火炉烤火烧炕，离得近的人家便聚在一起南朝北国地侃大山。我们小孩子则会逮麻雀，满地都是雪，鸟儿们的日子就不好过了。一大清早，道场周围的菜园子篱笆上就落满了麻雀儿，叽叽喳喳地叫个不停。于是，孩子们一个个敞着个怀儿，趿拉着一双大棉窝窝，到院子里在雪地上用木棍使劲地扒拉几下，扬上些许小麦或金黄的苞谷面，找来筛子用木棍支上，于木棍上拴一根细绳一直扯到屋子里，顺着门缝儿往外看，待麻雀儿进到筛子底下抢食吃的时候，瞅准了机会一拽绳，木棍倒了，筛子扣下了，孩子们便鱼贯地冲向筛子去捉筛子底下的麻雀儿……

老屋的记忆并非都是美好的，它曾经和我一同承载过许多的苦难，我那并不快乐的童年。

依稀还记得我五岁时,那年六月一个大雨倾盆的日子,正当我们兄妹三人无忧无虑地各自玩耍的时候,母亲突病去世,那个情景至今难忘,我以为母亲睡着了,大声地哭喊,母亲还是一动不动地,静静地,慈祥地躺在那里,清楚地记得不知谁的一句话:"快!快!华子,咬你妈的脚后跟,就能醒过来。"我扑上去,使出吃奶劲咬着母亲的脚后跟,但是最终没能让母亲醒过来,她还是永远地离开了我们,离开了老屋。一晃三十多年过去了,母亲的容颜在我的记忆中已经模糊,但那种思念永远不会丢弃!愈发浓烈!

母亲的去世,老屋就像一个没了娘的孩子,空洞的门窗犹如老屋瞪起一双黑洞洞的大眼于风雪中恸哭,老屋仿佛也失去了生机,缺少温暖与温馨。也就是从那时起,我的童年就成了灰色。老屋在长达二十多年之久的时间里没人管理修缮,成为了风烛残年,早已坍塌,根本不能居住。

老屋承载了我儿时的欢乐,也曾经托起我许许多多的儿时梦想,而更多的是它伴随着我度过了一个个蹉跎岁月,和我共同承载了许许多多的苦难……

还记得,那一年春寒料峭时节,在一个月色朦胧的凌晨,我踏着下玄的月光,在一片狗吠的欢送声中,我离开了老屋,登上了去西安的班车,翻山越岭,一路向西,向西……

随着我漂泊的脚步渐行渐远,老屋日渐颓废衰老,不久便轰然倒下,从此,再也没有站立起来。

时光像流水,四十年转瞬即逝,老屋早已不复存在,只有门前的那条小河，还在静静地流淌，但再也没有昔日的波涛，道场边的那棵核桃树也已老去，佝偻着树枝，斑驳的躯干像一个老人，颓废不堪。父亲砍过的樱桃树、李蜜树也重新长过，唯独就是那棵板栗树，可能与果实有关，浑身毛刺，无人折枝，长得异常茂盛，这一切，就像记忆里飘过的一支歌。

大概是我真的不年轻的缘故吧，每每闲暇之余，总有一种怀旧的心理，而怀旧却又总是与故乡与老屋的情结连在一起，每一次回到故乡，总要到老屋的旧址上去看看，回望的目光里，我似乎再也走不出这片故园的土地，走不出那种怀念。

老屋，我的老屋，你是否怨恨曾经与你为伴，靠你遮风挡雨的主人不来与你握别？不来与你相依？你是否埋怨过多难的命运中有太多的无情，总给你太多的苦难与不幸？如今，我就站在你的跟前，很想与你对视，与你促膝交谈，可你已经不复存在。

老屋，我亲爱的老屋，在短暂的生命过程里，你将像一枚印章永远地印在我的心里，刻进我的骨子里，刻骨铭心。

老屋，我心中永远的老屋……

风自故乡来

◆ 文/烟月吟秋

听风的声音,是怒吼的,是嘶鸣的,是呼啸的,这些声音有点悲壮。而我却想听另外一种声音,是细软的、绵亘的、温和的,这些声音极其诱惑听觉。

听风的声音,最好是在故乡,故乡的黄土高原,或高坡,或山麓。之所以选择这些地方,是因为能听到风吹过时真正的心思与想法。

不知从什么时候开始,我偷着往村外的地方去。不管是春夏,还是秋冬,不论是清晨,还是黄昏。

风带来了希望,它便是春风。风和日丽,和风细雨,微风习习。这是关于一个春天里的风。

而我,在故乡的土地上,搜寻着种子的脚步,一片天空,或是一朵白云。把风唤来,与燕子呢喃,与杨柳起舞,与鸟雀欢呼。听,风的脚步那般轻盈,那般婀娜多姿。像刚刚沐浴过后,肌肤里散发着清香的少女,花枝招展,豆蔻般的千娇百媚。

最好是与这场春风交谈甚欢，不觉得寂寞，让风来去自如。想吹，最好是纤尘不染，吟唱着歌谣，对一个想象的奇迹，怀着敬畏。邀约清风，在村庄里，织补一匹轻纱，绣着山河，绣着岁月，和那个提着陶瓷瓦罐的布衣女子，行走在故乡的风中。

选择一个目标，一个目标，便是我们追求的方向。方向里，那个三月，村庄的野外，放飞一群自由的鸟，它们飞入蓝天。一个青春的记忆里，母亲做了无数只风筝，在墙角里放着。长长的线，铺开，再长一些，直到九霄云外。风，撩起迷人的裙带，飘飘然。

一个春天里，十个春天里。多个春天里，都是时光不老的春天，姹紫嫣红里，温情脉脉。

习惯了一个地方——故乡。那是个神圣的天堂，只有风会低语，窃窃私语，甜言蜜语，而我，最好让风留住。驻足在青春年少的城堡里。开花，像凤仙花，水乳交融。在风的故乡里，妖娆，惊艳。

或在月亮升起，倚着红灯，天地间都是灯光通明。或忘记时间的前行。我们总没有后退。唯有在江湖里，磨砺一把剑，对着红尘绝唱。

廊檐下，鸟儿飞过亭台楼阁，一枝独秀的迎春花，笑了，它遇到了这风。这风从江南大地，长城内外，一点点吹向世界，吹向故乡的源头。

几万年，在上古的石器时代，那样的风没有浪漫，只有野蛮。像狂风，却被束缚住了手脚。只好，借古讽今，借酒浇愁。

我更喜欢，那缕缕如丝，徐徐清风的感觉，这种风不任性、不张扬，哪儿都去，况且轻柔得绵如细语。不起皱褶，不起叠嶂。水一样的至善。极是耐人寻味。

如夏日炎炎，雷雨交加。雨过天晴之时，听风更是一种意境、一种气场。

脱去疲惫，换上希望。坐在谷间，听风吹过的呜咽，不是悲凉，而是赶走炎热酷暑，流淌的小溪，汩汩如歌。站在青石之上，倒映里，与水相望，很静，那些神韵的景观里。仰望，天空如洗，布满了蔚蓝。而天空下，是一座城，一座装满了山水与草木的城。

当鸟儿回来时，啁啾之鸣间，空旷的村野里。我听见有人在表白，那场初恋，再后来。是与月，与花，与风有着缠绵悱恻的情愫。风花雪月，风餐露宿，那些时日里，独自清欢。从时光的缝隙里，窥见这百花争艳的盛赞之歌。

我举三千盏，豪饮长江水。挥剑天地间，豪情在骨间。一瓢饮一瓢，风从故乡来。多少事，如鲠在喉，问斜阳。

西风古道，瘦马驰骋。秋风扫落叶，泛黄的记忆，枯竭的心思。在夕阳西下的尘嚣里，看天边燃起的云霞，似贵妃醉酒般妩媚动人，触动心扉。而且，这样的风是瘦瘦的，如剪刀，断了寸肠。它把相思一点点，一丝丝，一缕缕，剪断，再剪断。

骑上这匹马，如果远行，那便是千里马，像西出阳关无故人，或是孤帆远影碧空尽。就是唯我独尊。空空相守一座城，花落的城，飘落时的沉吟。和风有关的呓语。一场梦，醉了红楼。

秋风声声，声声漫。大雁东南飞，在滑过的天空里。听，风写下了黄土高原的丰收。粮食坛子里的酝酿，是香香的、醇醇的。像腌制了一腔热情，或是洋溢的酒香。足够这个秋天的奔放，足够这场秋风的告白。

黄昏里，去一片桦树林，拾遗旧时的光阴，落叶染红了草木的江湖。抬头望时，天空错过了云朵，那朵被荒芜占有的领域，风是瘦的，清冽的。那匹马，是瘦的，与风，听着远方的故事。

一个冬天的到来，我裹着风，这是故乡飘来的风。凛冽里，有种疼痛，没有忘记，那条通向春天的地方，泯灭了布谷鸟的世界。青稞与烈酒，盛在釉色的陶器里，看山谷一片苍茫。北国风光旖旎，听风阵阵低语。那匹马，或借东风千里，或被西风相依，都是赶在了时光的源头。

一场雪落下了，故乡村落里，房屋，草坪，树林，平原，山顶，都是顶着白色，庄严肃穆。

冬天里，除了下雪，最多的是刮风。我不喜欢刮字，而风却是带着痕迹，肆无忌惮。说下就下的雪，它爱冬天，俨然爱上了冰冷。

而我，同这冬天，在北方的一座村庄里，恋上了风，尽管萧萧，尽管枯木缠藤。我爱着故乡，爱着从山寨里像骑着骏马奔驰而过的女子，是巾帼不让须眉的遒劲的风，这风来自故乡，吹不散的风，是一世的相依相伴。

我有许多理由，但我从没有拒绝过那些四季里的风，是绿的，是红的，是黄的，是白的。

听风的声音，听的是一种归宿，一种境界，一种诗意。

老街

◆文/胭脂小马

老街,是记忆的小镇了。

街上桂花飘香,醉醉然走在阳光下,正陶醉间抬眼遇见儿时发小。发小多年前远嫁他乡,两人是多年未见,初感慨时光如梭,接着就在当街笑聊幼时趣事,说着说着不觉泪流满面……

于是便在蓦然回首中一遍遍落寞,一遍遍释然,一遍遍入我的梦的那曾家老街,终于让我的情感哗然而倾,古老而盛满记忆的老街,让我于记忆里面一遍遍地搜寻,让我在记忆里想起小时的情与景,想起那条街,那条街的人。

家道中落的祖辈从湖北迁来镇坪后就一直居住于曾家这条老街上,爷爷是当地很有名的私塾先生,而我幼时也能在爷爷的房间里面看见线装的泛着古黄色的书,至今能清晰地感应到那黄色古典书籍的魅力充溢我的思想,对我有着强大吸引力,还有爷爷雕刻的多种篆字小章,古风溢满了有着雕花格格窗户的小院里。而今爷爷已经仙鹤多年,岁月缓缓流淌,人随岁月流了一段时光后，有些东西还是留下来了。比如，思想、旧物、屋舍、老街的街道，等等。

老街，从小我生于斯长于斯，至今让我流连的地方很多。走进老街，就走进了一幅画，一幅纯朴自然的水墨画。

记忆中的老街是一间房屋紧拥着一间房屋，都是用木板搭建而成的，一块青石板紧挨着一块青石板。房屋大多幽深狭长，你可以从长长的过道里，看见阴暗潮湿的地面，暗绿的苔藓肆意地疯长，一层覆盖一层。走上吱吱响的木楼，冷不丁会撞上陈年的蜘蛛网，这一撞，也不知撞破多少年。不大的天井，暗黑的青砖，不知承接过多少岁月的天光，不知有多少孩童，站在上面看星星和月亮。那伤痕累累的井沿，勒断过多少拴水桶的绳索，又有多少女子的辛酸和勤劳被刻进一幅感人的画面里。

长长的街道，青石板紧密地挨着，一直通到远远的地方。穿着高跟鞋千万别在小路上走，一不小心，娟秀的脚，就会扭进独轮车的印辙里。这些深深的印辙，流淌着多少挑夫辛酸的汗水啊。不仅这些印辙，那凸凹不平的青石板，又使多少过客的脚底生茧！

记忆中老街的两旁，有店铺。

暗黑的铺板已经没有多少光泽了，多少年了，阳光恩赐过，风雨眷顾过。经历了无数岁月的沉淀，也使它的底气明显不足了。听父辈说，这些店铺不外乎布匹、日用品、山杂、铁器、竹篾、配秤。布匹、日用品、山杂是日常生活所必需的，是主妇们必须去的地方。铁匠铺，是男人来的地方，一年的农具，还得靠它呢。况且，打铁的男人赤着上身，岂是妇家所能看的？篾匠铺，编制的箩筐都是希望，一年的收成，不就是靠着它往回装？配秤铺的师傅，秤配的是公平，配的也是良心，是让商品买卖有个交代，是让良心对得起世人。店铺的上面，一般有阁楼，阁楼有窗子，是雕花的格子窗。那上面似乎还映着绣楼女子的影子，不知她是否还在倚窗想着芬芳少女的心事？当你对阁楼遐思的时候，忽然从那破损的窗洞里，飞出一对鸟儿，对着你鸣叫几声，然后划一道优美的弧线，奔蓝天而去，这极让你浮想联翩。

张祖吉是老街亘古记忆里的风景，他看起来大约七十多岁，眉眼褶皱之间残存着俊朗之气。据说，他从十几岁开始就在老街理发，从事理发五十多年。在张老汉的理发店里面，我们见不到一样现代的理发工具，椅子古色生香却漆皮尽然脱落，镜子是昏黄照的人脸模糊的，但是却充满铜镜的文化底蕴。剪刀是王二麻子的，还有最古老的推头发的推子，如今这些古老的东西已和他一样进入风烛残年，若从外地来的人，都会投给他惊奇的目光，恍然看到的是一个原始理发铺纪念馆和操着剪刀推子的蜡像。更为奇特的是当地老人小孩理发从不去其他的店铺理发，只去他那里理发。犹然记得父亲因为有病居住安康时，回了老街第一件事情便是去张老汉理发店理发，问其缘由只一字"好"，一个好字蕴含着深深的思乡情结，这就是老街人的那份浓厚情结吧。

还有那一排青瓦飞檐的房屋冷不丁也在记忆里浮现，曾家老街小学布局也充满古色古香。学舍是在四合院中，屋舍一排排，青瓦飞檐古韵长，悠悠石径任学童徜徉。而学童们的琅琅读书声更是在老街人们忙碌的身影里一遍遍悠悠绵长、不绝于耳，伴随孩子们读书的还有一棵有五百年历史的古老的桂花树，整个秋的目光，整个老街流淌的都是桂花浓郁的色彩，浅吟轻唱在历史里，折叠着唐诗宋词，于百转千回后，墨香点点在校园里，自然老街人那也是不会忘记嗅着这馨香一年又一年过日子的。

所有这些老街的画面，从你的眼前一一掠过，再一一集中，然后浓缩出一段历史。你不可能看到这过程，正如，作家王剑冰在一篇散文中所说："人们看不到这个中的细节，只感到生活就是这么走过来了，且一直走得很有条理，很有气息。"然，你在老街的每一步行走，都可以感同身受。

老街，你可以随时来。阳光灿烂的时候来，心情好，可以读出老街别样的情致。你可以听到阳光从翘起的屋檐上，跌落到青石板上那细微的声音；你可以见到暗绿的苔藓，拼着命地想与阳光拥抱；你可以看见古井里的水，见到阳光时的那种欣喜。还有很多很多，只怕你的眼睛不够使。就是雨天你来，同样心情也好。雨滴从屋檐上滴落到青石板上，溅得青石板贼亮。而落地的滴答声音，亦如音乐般悦耳。悦耳的声音，也不知被岁月培育了多久，怎么这样引人情致？这声音既有苍茫之感，又有时代的共鸣。如果你在雨中倾听，突然远远的前方，青石板的尽头，响起高跟鞋轻叩的声音。你会不自觉地抬起你发呆的眼，瞥起那女子来。你可以尽情地去想，旧时的女子是否也这样的走来？是否身着能勾勒身材曲线的旗袍，再打一把旧时的雨伞。

想着想着，就想到了戴望舒笔下的女子来。这真是你的福气了，女子的出现，那雨与小巷，不就变得富有情调了吗？

老街，只要你来。你就随时随地可以发现历史，体味余韵。或许，你走过的每一块青石板，都可能有过一段故事；你撞破的每一张蜘蛛网，都可能掩藏着一个秘密；你走进的每一个店铺，都可能有一段不寻常的传说；你看到的每一个阁楼，都可能深藏着一段少女甜蜜的爱情。一切都是那么的深奥，一切都是那么的诱惑，一切却又极其自然。

远去了，远去了。岁月里，老街还在走。走得从容，走得苍茫，走得厚实。只是这一切都在我的记忆里，昔日的老街已经被现代小洋楼建筑所替代，而狭长的小巷已经被光滑、宽敞的水泥路替代了，高跟鞋娟秀的脚，也不会扭进独轮车的印辙里，再也没有我们幼时站在不大的天井、暗黑的青砖上面看星星和月亮了……

昔日的古老已经随岁月远去了，再也无法寻觅到那个打一把旧时的雨伞，有着丁香幽怨的戴望舒笔下的女子踏着青石板向你走来了，只是还有老街的老人坐在街边娓娓诉说着那情那景……还有那古老的桂花树在历史长河的百转千回后，字里行间馨香阵阵中婉约惆怅地回忆着古旧的老街。

图书在版编目（CIP）数据

朵朵皆年华 / 于芳主编；柳约等著 .—北京：中国华侨出版社，2016.4

ISBN 978-7-5113-6027-4

Ⅰ.①朵… Ⅱ.①于… ②柳… Ⅲ.①散文集－中国－当代 Ⅳ.① I267

中国版本图书馆 CIP 数据核字（2016）第 066916 号

朵朵皆年华

主　　编	/ 于　芳
著　　者	/ 柳　约 等
责任编辑	/ 叶　子
责任校对	/ 孙　丽
经　　销	/ 新华书店
开　　本	/ 670 毫米 ×960 毫米　1/16　印张 /16　字数 /200 千字
印　　刷	/ 北京建泰印刷有限公司
版　　次	/ 2016 年 6 月第 1 版　2016 年 6 月第 1 次印刷
书　　号	/ ISBN 978-7-5113-6027-4
定　　价	/ 29.80 元

中国华侨出版社　北京市朝阳区静安里 26 号通成达大厦 3 层　邮编：100028
法律顾问：陈鹰律师事务所
编辑部：（010）6444305664443979
发行部：（010）64443051 传真：（010）64439708
网址：www.oveaschin.com
E-mail：oveaschin@sina.com